Wir retten Leben, sagt mein Vater

Do van Ranst, geboren 1974 im belgischen Dendermonde, schreibt Kinder- und Jugendbücher und arbeitet als Visual Merchandiser bei einem bekannten Modelabel. Van Ranst macht Musik und ist aktiv beteiligt an einer Kindertheatergruppe in seinem Wohnort Hamme, für die er mehrere Stücke schrieb. Er hat zwei Söhne, einen Hund und eine Katze.

Do van Ranst

Wir retten Leben, sagt mein Vater

Aus dem Niederländischen
von Andrea Kluitmann

CARLSEN

Weitere Bücher von Do van Ranst im Carlsen Verlag:

Mütter mit Messern sind gefährlich
Rabenhaar

FSC
www.fsc.org
MIX
Papier aus verantwortungsvollen Quellen
FSC® C014496

Sonderausgabe
Veröffentlicht im Carlsen Verlag
Dezember 2011

Originalverlag: Davidfonds/Infodok
Originaltitel: Mijn vader zegt dat wij levens redden

Umschlaggestaltung: formlabor
Corporate Design Taschenbuch: bell étage
Druck und Bindung: GGP Media GmbH, Pößneck
ISBN 978-3-551-31105-4
Printed in Germany

Alle Bücher im Internet: www.carlsen.de

Eins

Unser Haus steht in einer Kurve, mit der kein Mensch rechnet.

Unzählige Kilometer fährt man auf einer schnurgeraden, eintönigen Straße an verdorrten Bäumen und Kakteen vorbei. Dann kommt eine leichte Steigung und man erreicht einen Punkt, von dem aus man in der Ferne die Pfeiler einer Brücke sehen kann. Ab diesem Moment fixieren deine Augen nur noch die Brücke genau vor deiner Nase, weil sie endlich für eine Abwechslung sorgt, nachdem du stundenlang nur Sonne und wolkenlosen Himmel gesehen hast. Darum starrst du weiterhin geradeaus, aber plötzlich macht die Straße einen scharfen Knick von fast 90 Grad nach links.

Genau in dieser gemeinen Kurve wohnen wir.

Schon sieben Autofahrer haben die Kurve verpasst und sind mit ihrem Auto in unserem Haus gelandet. Allesamt haben sie ein paar Tage auf unserem Sofa gelegen und wurden von meiner Mutter oder meiner Oma gepflegt. Ein paar Männer schicken uns noch immer ab und zu einen Brief. Dann ist meine Mutter ganz selig.

Der erste Unglückliche, der unser Haus rammte, war mein Vater, vor ungefähr siebzehn Jahren. Das Haus war damals noch das Elternhaus meiner Mutter.

Zwei Jahre später wurde ich geboren.

Zwei

Die Brücke ist nur eine halbe Brücke.

Vor achtzehn Jahren wurde mit dem Bau angefangen. Aber die Uferbewohner gerieten in Streit darüber, wer die Brücke nun eigentlich bezahlen sollte, denn das war nie eindeutig geklärt worden. Die Leute vom linken Ufer fanden, die vom rechten Ufer müssten den größten Teil zahlen, weil sie am meisten von der Brücke profitieren würden.

Die Leute vom rechten Ufer waren der Ansicht, genau das gelte für die Leute vom linken Ufer. Sie konnten sich nicht einigen und schließlich wurden die Bauarbeiten eingestellt. Eine halbe Brücke war also umsonst gebaut worden.

Bis heute weigern sich die Leute auf unserer Seite, für das halbe Bauwerk zu zahlen. Eine halbe Brücke ist sinnlos. Also bezahlt man dafür nicht.

Seit ein paar Jahren kümmert sich keiner mehr um diesen Ort. Die Gemeinde schickt schon längst keine Reinigungswagen oder Gartenbaudienste mehr her. Polizeistreifen drehen einen halben Kilometer vor unserem Haus wieder um. Als eine Art Protest. Die Gegend um die halbe Brücke sieht trostlos aus. Das Unkraut steht an manchen Stellen hüfthoch. Die Pfeiler der halben Brücke sind bemoost und das Geländer ist durchgerostet.

Ganz früher, als von einer Brücke noch gar keine Rede war, sah es hier völlig anders aus.

Früher, als mein Opa noch lebte und meine Oma noch sprach.

Drei

Wir retten Leben, sagt mein Vater.

Er sagt, dass – wenn wir hier nicht wohnten – schon jede Menge Leute einfach auf die Brücke gefahren wären, ohne zu merken, dass es nur eine halbe Brücke ist. Es steht nämlich nirgends ein Schild oder so was, dass der Weg nach anderthalb Kilometern aufhört. Sie würden mit ihrem Auto ins Wasser plumpsen und ertrinken.

Ich verstehe, was mein Vater meint. Jetzt rammen sie erst unser Haus und sind verletzt, aber nicht tot.

Das letzte Mal ist etwa vier Jahre her. Ich war gerade eine Woche zu Besuch bei meiner Tante Vicky und habe das ganze Ereignis verpasst, worüber ich im Nachhinein ganz schön sauer war. Ich bin fast nie weg von zu Hause und ausgerechnet in dieser einen Woche passiert was. Typisch.

Zwei Jahre davor war ich auch nicht da. Ich lag im Krankenhaus, weil mein Blinddarm rausgenommen werden musste. Ich vertrug die Medikamente nicht und musste vier Tage länger bleiben als erwartet.

Meine Mutter fand dieses Unglück das schlimmste von allen. Das Fenster und ein großer Teil der Hauswand mussten dran glauben. Alles musste abgestützt werden, weil die obere Etage fast heruntergekracht wäre. Den Autofahrer hat man aus dem Wrack schneiden müssen. Wirklich ein Riesenspektakel. Aber ich habe es nicht selbst gesehen. Ich hätte heulen können, als meine

Mutter mir die Geschichte im Krankenhaus erzählte. »Sei doch froh, dass du nicht da warst«, hat sie gesagt. »Um ein Haar hätte es Tote gegeben!«

Seitdem nutzen wir auf der Seite unseres Hauses, die an der Straße liegt, die ersten drei Meter nicht mehr. Weil wir wissen, wie gefährlich es da ist. Kein einziges Möbelstück steht dort und niemandem fällt es ein, sich da hinzustellen oder gar zu setzen.

Diesen Teil des Hauses nennen wir die Risikozone. Das hat mein Opa erfunden, als er noch lebte. Einen Tag nachdem unsere Fassade zum sechsten Mal gerammt wurde, maß er genau nach, wie weit das Auto ins Haus eingedrungen war. Dann gab er noch gute dreißig Zentimeter hinzu. Das nannte er den Sicherheitsspielraum.

»Bei einer höheren Geschwindigkeit bohrt sich das Auto bestimmt noch tiefer in unser Haus«, sagte er, als meine Mutter fand, dass es auch ohne die dreißig Zenti meter mehr als genug war.

Ich finde das ganz witzig. Eine Riskiozone mit Sicherheitsspielraum.

Durch die Risikozone ist unsere Wohnfläche klein geworden. Das dreisitzige Sofa und der Sessel stehen ganz nah am Esstisch, und zwischen dem Esstisch und dem Schrank reicht der Platz gerade eben zum Öffnen der Schranktüren. Wenn wir alle zu Hause sind, mein Vater und meine Mutter, meine Oma und ich, hocken wir uns ziemlich auf der Pelle. Das kann ich nicht ausstehen.

Als ich noch jünger war, spielte ich manchmal in der Risikozone unter dem Fenster mit meinen Barbies. Wenn meine Mutter das bemerkte, kam sie zeternd aus der Küche gerannt, hob mich blitzschnell samt Barbies hoch und setzte mich an einer sicheren Stelle wieder ab. Als würde eine Sekunde später ein riesiger Lastwagen in unser Haus brettern.

Aber natürlich verstehe ich ihre Rettungsversuche. Das allererste Mal, als mein Vater das Haus rammte, saß meine Oma am Fenster und hielt ein Nickerchen. Die Schnauze des Wagens kam an der Rückenlehne des Sofas zum Stillstand, genau dort, wo Oma saß. Seitdem sitzt meine Oma im Rollstuhl und zittert die ganze Zeit.

Zwei Wochen lang hat mein Vater hier auf dem Sofa gelegen.

Ich glaube, er hatte so große Schuldgefühle wegen des Unfalls und meiner Oma, dass er beschloss hierzubleiben und meine Mutter zu heiraten. Vielleicht hatten sie sich damals auch wirklich ineinander verliebt. Aber davon merkt man jetzt kaum noch was.

Vier

Manchmal stelle ich mir vor, dass ein Auto unser Haus rammt und der Fahrer ein Junge von etwa siebzehn Jahren ist. Achtzehn oder neunzehn ist auch okay, weil ich selbst ja fünfzehn bin.

Dann fantasiere ich, dass er eine schlimme Schnittwunde hat, genau über einer Augenbraue. Er blutet wie wild. Mein Vater hat ihn aus dem Auto geschleppt und aufs Sofa gelegt. Ich habe ein nasses Geschirrtuch aus der Küche geholt und tupfe seine Wunde ab. Langsam kommt der Junge wieder zu Bewusstsein und lächelt mich an. Mein Vater hat den Arzt gerufen, weil der tiefe Riss in seiner Stirn genäht werden muss. Der Junge liegt wochenlang auf unserem Sofa, um zu genesen. Der Schnitt über seiner Augenbraue hinterlässt wahrscheinlich eine Narbe, aber das macht nichts, weil ich sage, dass ich das ziemlich sexy finde, so eine Narbe genau über der Augenbraue.

Der Junge heißt Benjamin, Bernie oder Brad, weil mir Namen mit B am besten gefallen.

Fünf

Unser Haus ist das einzige in der Umgebung. Zum Dorf fährt man eine Stunde mit dem Rad. Wie weit es zur Stadt ist, weiß ich nicht genau, ich schätze, mindestens einen halben Tag.

Im Dorf wohnt Sue, meine beste Freundin. Sie ist lesbisch. Ich nicht, aber ich schmuse trotzdem manchmal mit ihr rum. Mit Rumschmusen meine ich Küssen und Streicheln. Manchmal finde ich, dass Sue zu weit geht. Wenn sie versucht mir die Hand in die Unterhose zu stecken, halte ich sie zurück. Ich finde, dass sie meine Brüste ruhig anfassen darf, aber Sue sagt, es würde langsam eintönig, nur meine Brüste.

Wir sitzen nebeneinander auf ihrem Bett. Unsere T-Shirts und BHs haben wir ausgezogen. Das machen wir fast immer sofort, wenn ich in ihr Zimmer komme. Es spart eine Menge Zeit, sagt Sue. Sue hat es immer eilig, wenn wir schmusen. Dabei tut sie den ganzen Tag nichts.

»Vielleicht solltest du dir ein Brustwarzenpiercing setzen lassen«, sagt Sue.

»Warum?«

»Darum.«

»Das tut doch irre weh«, sage ich. Ich lege meine Hand auf meine linke Brust, als stünde vor mir jemand mit einer Riesennadel, die er mir durch die Brustwarze jagen will.

»Es tut nur ganz kurz weh«, sagt Sue.

»Woher weißt du das?«, frage ich.

Sue zuckt mit den Schultern. »Ich kenne jemanden, der eins hat«, sagt sie.

»Wen denn?«

»Ist doch egal. Du kennst sie sowieso nicht«, sagt Sue. Sie zieht ihren BH wieder an, als wäre sie plötzlich sauer.

»Nun sag schon«, dränge ich. »Vielleicht kenne ich sie ja doch. Wohnt sie im Dorf?«

Aber Sue gibt keine Antwort.

Manchmal hoffe ich, dass Sue bald ein Mädchen kennenlernt, das auch lesbisch ist. Aber manchmal hoffe ich auch, dass das nicht passiert, weil ich dann denke, dass ich sie verliere, weißt du? Und dann denke ich: Vielleicht sollte ich sie nicht wegschieben, wenn sie mit der Hand in meine Unterhose will. Aber was, wenn mir das gefällt? Davor habe ich ganz schön Bammel.

Bevor ich es zulasse, will ich erst was mit einem Jungen gehabt haben. Dann kann ich vergleichen. Angenommen, ich lasse Sue gewähren und es gefällt mir, dann bin ich vielleicht plötzlich auch lesbisch, einfach, weil ich nichts anderes kenne.

»Wo kann man sich so ein Piercing denn machen lassen?«, frage ich.

»In der Stadt.«

»Das wird schwierig«, sage ich. »Mein Vater leiht sich

ganz bestimmt kein Auto und fährt mich in die Stadt, damit ich mir die Brust durchbohren lassen kann.« Und ich denke: Puh, das wäre geschafft.

»Mein Bruder kann uns fahren«, sagt Sue.

»Einverstanden«, sage ich. Jake ist ein Arsch. Ich kann mir nicht vorstellen, dass er das jemals tun wird.

»Ob er das wirklich macht?«, fragt Sue.

»Vielleicht.«

Sue setzt sich dicht neben mich und küsst mir den Nacken, während sie ihren BH wieder löst.

»Ist das teuer?«, frage ich.

»Ich bezahle die Hälfte«, sagt sie.

Es wäre perfekt, wenn Sue das Mädchen an dem Tag kennenlernt, an dem Benjamin oder Brad unser Haus rammt.

Sechs

Meine Oma hat es anscheinend jedes Mal vorhergesagt, wenn ein Auto aus der Kurve flog.

»Ich spüre es einfach in meinen Knochen«, sagte sie dann. »Es wird etwas passieren.«

Mein Vater hält das für Unsinn. Er sagt, dass es nur Zufall war, dass jedes Mal kurz nach dem Gefühl in Omas Knochen ein Auto in unser Haus fuhr.

Mein Vater ist gläubiger als der Papst und der Erzbischof zusammen und sagt, alles sei Gottes Wille.

Gott gibt es nicht, sagt meine Mutter. Deswegen bekommen sie oft den größten Krach. Sie sagt, dass – sollte es diesen Gott doch geben – er ein gemeiner Fiesling ist, weil er ihnen so viel Elend bringt.

»Elend, Elend!«, brüllt mein Vater dann. Er findet, wir müssten dankbar sein, dass wir in unserem Haus wohnen und Gott dienen dürfen. Und dann erzählt er wieder die ganze Geschichte: Dass unser Haus schon sieben Leben gerettet hat. Einschließlich seines.

»Eben«, sagt meine Mutter dann. Und danach ist der Teufel los, denn dann will mein Vater wissen, was sie mit *eben* meint.

Mir ist völlig klar, was meine Mutter meint. Das große Elend ist, dass sie mit meinem Vater verheiratet ist. Genau das meint sie. Ich kann ihr nur zustimmen. Mein Vater taugt nicht. Frag mich nicht, warum. Er taugt einfach nicht.

Sieben

Ich finde es keinen Unsinn, dass meine Oma Dinge vorhersagen kann. Nicht dass ich behaupten würde, sie könne hellsehen oder so. Sie trägt keinen Turban, hat keine langen Fingernägel und keine Glaskugel auf dem Schoß. Sie sieht ganz normal aus. Wie eine Oma, weißt du. Sie ist alt und so riecht sie auch.

Oma ist lieb, auch wenn sie seit Opas Tod kein Wort mehr spricht. Ich glaube, dass es nur wenigen Menschen gegeben ist, lieb zu sein, ohne Worte zu benutzen. Worte sind oft falsch. Stille nicht. Ich weiß nicht, ob das wahr ist, aber ich habe es irgendwo gelesen. Manche Dinge sind einfach wahr, weil sie so klingen.

Ab und zu nehme ich mir einen Hocker und setze mich eine Weile neben ihren Rollstuhl. Dann sage ich genau wie sie kein Wort. Manchmal frage ich mich, ob ich ihr ähnlich bin, ob ich genau wie sie lieb bin, ohne etwas zu sagen.

Jetzt sitze ich auch neben ihr. Schon zehn Minuten. Ich würde sie gern fragen, ob etwas passieren wird. Vielleicht fühlt sie ja etwas in ihren Knochen. Das würde ich so gern wollen, auch wenn das vielleicht heißt, dass etwas Schlimmes geschehen wird. Das ist immer noch besser als nichts, ich kann *nichts* absolut nicht ausstehen.

Omas letzte Vorhersage war der Tod ihres eigenen Mannes. Also mein Opa. Das war ziemlich unheimlich. Sie fragte die ganze Zeit, wo er war.

»Wie immer, an der Brücke«, sagte meine Mutter. Dorthin ging er jeden Tag. Er setzte sich dann einfach an die Brückenkante und starrte ins Wasser.

»Es geht ihm nicht gut«, sagte sie. »Holt ihn zurück!«

Mein Vater schaute sich gerade Radrennen im Fernsehen an und sagte, sie solle den Mund halten. Typisch mein Vater. Als ob man wirklich etwas *hören* müsste, wenn die blöden Radrennfahrer durchs Ziel fahren!

Als Opa zum Abendessen noch immer nicht da war, haben mein Vater und ich uns auf die Suche gemacht. Ich weiß noch, wie spannend ich das fand. Obwohl ich meinen Opa sehr gernhatte, hoffte ich im tiefsten Inneren doch ein klein wenig auf ein Drama. Dass wir ihn völlig blutüberströmt in den Sträuchern entdecken würden oder so. Ganz kurz stellte ich mir sogar vor, dass wir ihn stückweise fänden. Erst einen Arm und dann noch einen Arm und dann seine Beine, bis wir so ziemlich alles von ihm gefunden hätten und Opa wie eine Art Puzzle zusammenlegen müssten, bevor wir uns sicher wären, dass er es war.

Aber wir fanden ihn nicht. Zwei Tage später kam die Polizei und sagte, dass sie einen Mann aus dem Wasser gefischt hätten, der wahrscheinlich mein Opa wäre. Sie zeigten uns seine karierte Weste mit den geflickten

Ellbogen und fragten, ob sie ihm gehört. Sein Name war in den Kragen eingenäht.

Meine Mutter konnte es nicht glauben und fuhr mit den Polizisten zum Leichenschauhaus in die Stadt und erkannte Opa. Er war ganz blau und aufgeschwemmt, aber es war ganz sicher Opa. Meine Mutter sagte, es hätte so ausgesehen, als lache er sie an.

Seitdem sagt Oma nichts mehr. Als hätte sie das so mit ihm vereinbart. »Wenn du tot bist, Lester, halte ich für immer den Mund.«

Acht Genau wie Opa sitze ich auch oft an der Kante der halben Brücke. Bis zu seinem Tod ließ ich die Beine immer über die Kante baumeln. Jetzt ziehe ich sie lieber ein.

Der Tod meines Opas wurde eine Weile untersucht. Am Tag nachdem sie ihn gefunden hatten, standen zwei Polizisten vor der Tür. Keine normalen mit Uniform und Schnurrbart. Diese hier waren in Zivil und trugen lange Trenchcoats und Hüte. Ziemlich lächerlich, fand ich. Als wären sie geradewegs aus dem Fernseher gestiegen. Sie stellten uns eine Menge Fragen. Wie oft er zur Brücke ging und ob er Feinde hatte. Sie vermuteten wohl, jemand habe ihn von der Brücke geschubst. Dieser Gedanke gefällt mir. Stell dir vor, mein Opa hätte hier kurz vor seinem Tod wie ein Held gekämpft!

Aber ich weiß, dass das nicht stimmt. Opa war nach all den Jahren so mit diesem Ort verschmolzen, dass er sich einfach zu weit vorgewagt hat. Er hat sich zu weit über den Abgrund gelehnt. Vielleicht wollte er sich eine Zigarette anzünden und ihm ist das Feuerzeug aus der Hand gefallen. Er hat es noch auffangen wollen und dabei das Gleichgewicht verloren. So in der Art.

Es ist unglaublich, wie weit man von hier aus schauen kann. Abends kommen viele Leute mit dem Auto zur Wiese vor der Brücke, um die Aussicht zu genießen. Das weiß ich, weil ich die Autos hier vorbeifahren höre, wenn ich im Bett liege. Ich selber bin abends noch nie dort gewesen, weil meine Mutter das nicht will.

Sie hasst es, wenn ich zur Brücke gehe. Sogar tagsüber. Besonders seit Opas Unfall. Sie sagt, dass es zu nichts gut ist. »Und setz dich bloß nicht abends dorthin«, sagt sie.

Es gibt jede Menge Dinge, die meine Mutter mir verboten hat und die ich trotzdem mache. Die Kippen meines Vaters aufrauchen oder an Eddings schnüffeln zum Beispiel. Aber abends zur Brücke gehen – das mache ich bestimmt nicht, weil es das einzige Verbot ist, das sie fast jeden Tag wiederholt.

Vielleicht sollte ich es aber doch bald mal tun. Ich habe wirklich keine Angst vor meiner Mutter.

Neun Wenn ich auf der Brücke sitze, lasse ich meiner Fantasie freien Lauf.

Ich habe mir eine Art Fortsetzungsgeschichte ausgedacht. Ich werde mal kurz erzählen, um was es geht: Am Anfang ist die Brücke noch halb, aber mein Vater baut sie gemeinsam mit einigen Bauarbeitern fertig. Mein Vater ist der Chef und steht da mit ein paar aufgerollten Plänen unter dem Arm und erteilt den Bauarbeitern Anweisungen. Er hat einen Helm auf dem Kopf, aber er trägt Hemd und Krawatte. Er raucht Pfeife und seine Haut ist gebräunt, weil er immer draußen auf der Baustelle steht. Ich bin die Assistentin meines Vaters. Ich trage ein zweiteiliges Kostüm, beantworte das Telefon und bearbeite die Rechnungen. Mein Büro ist in dem Bauwagen in der Nähe der Brücke. Die Bauarbeiter essen dort mittags ihre Brote und bekommen Kaffee. Einige Männer sind besonders nett zu mir und sehen ganz gut aus.

Die Brücke ist inzwischen fast fertig. Auf der gegenüberliegenden Seite bauen wir Häuser und Geschäfte, ein Kino, eine Diskothek und Cafés. Unsere Seite soll grün bleiben. Das wird eine Art Erholungsgebiet für Touristen, die ihre Ruhe haben wollen.

Nächstes Jahr oder so werden das neue Dorf und das Erholungsgebiet festlich mit der Errichtung eines Denkmals für meinen Vater eröffnet. Und einem riesigen Feuerwerk.

In Wirklichkeit macht mein Vater nichts.

Er sitzt auf dem Sofa, raucht Zigaretten und starrt glasig auf die Mattscheibe. Mein Vater arbeitet nicht. Wir leben von seiner Ivalidenrente. Sein Rücken und seine Beine sind nicht mehr in Ordnung, seit er in unser Haus gefahren ist.

Früher, als ich noch nicht da war, hat mein Vater gearbeitet. Er war einer der Arbeiter, die beim Bau der Brücke mithalfen. Am Unfallmorgen war er so müde, dass er genau vor der Kurve am Lenkrad einschlief und das Haus und meine Oma rammte. Zwei Wochen lang hat er auf dem Sofa gelegen. Er konnte sich kaum bewegen und hatte einen Schock. Meine Mutter hat ihn gepflegt. Sie hat mal erzählt, sie hätte unheimlich viel Mitleid mit ihm gehabt, und ihn mit einem Vogel verglichen, der gegen das Fenster geflogen war.

»Schade, dass der Vogel nie mehr weggeflogen ist«, sagt sie manchmal, laut genug, dass er es hören kann.

Mein Vater findet, dass meine Mutter ihn lächerlich macht.

Das denke ich auch. Manchmal sagt sie zum Beispiel auch, dass es eigentlich komisch ist, dass der Brückenbau erst nach seinem Unfall völlig eingestellt wurde. Vielleicht ist das letzte Geld in seine Rente geflossen, sagt sie. Dann tobt mein Vater und meine Mutter sagt dann, sie habe es ja nicht so gemeint. Damit sie ihre Ruhe hat.

Ich glaube, dass sie es ganz bestimmt so meint. Ich glaube, meine Mutter nimmt es meinem Vater übel, dass wir an einem Ort wohnen, an dem alles aufhört.

Zehn

Zum Glück habe ich Sue.

Mit ihr ist wenigstens immer was los. Auch wenn es meist nur kleine Dinge sind.

Heute ist nichts los. Wir schlendern durchs Dorf. Sue trägt Dreyfuss auf der Schulter. Dreyfuss ist ein Gecko. Ich finde ihn total eklig, aber Sue ist verrückt nach ihm. Sie gibt ihm Küsschen und streichelt ihn ständig von Kopf bis Schwanz.

»Siehst du seine Zunge?«, fragt Sue. Sie greift nach Dreyfuss und zwängt sein Maul auf.

Ich nicke, obwohl ich seine Zunge nicht sehe.
Ich verziehe das Gesicht, als würde er aus dem Maul stinken.

Sue streckt die Zunge raus und bewegt sie vor Dreyfuss hin und her. Als wollte sie ihm einen Zungenkuss verpassen.

»Igitt, hör auf!«, rufe ich.

Aber Sue macht weiter. Ihre Zunge berührt fast die Schnauze des Geckos. »Er leckt gern«, sagt sie.

»Sei nicht so widerlich!«

»Daran ist nichts Widerliches«, sagt Sue. »Manchmal setze ich ihn mir zwischen die Beine.«

»Sue!«

»Glaubst du mir nicht?«

»Ich will's nicht glauben«, sage ich.

Wir sind inzwischen im Park hinter der Kirche und

Sue fläzt sich ins Gras. Sie setzt Dreyfuss vor sich auf den Boden und spreizt die Beine.

»Sue, du spinnst«, sage ich.

Dreyfuss verschwindet fast völlig unter ihrem kurzen Rock. Nur seine Schwanzspitze lugt noch hervor.

Ich stelle mich mit dem Rücken zu ihr und verschränke die Arme über der Brust, um ihr zu zeigen, dass mir das nicht gefällt.

»Bist du eifersüchtig?«, fragt Sue.

Ich drehe mich mit hochgezogenen Augenbrauen um. Zum Glück sitzt Dreyfuss wieder auf ihrer Schulter. »Stell nicht solche dummen Fragen. Wer ist schon eifersüchtig auf einen Gecko?«

»Und sag nicht, dass du nicht selber mal gern geleckt werden würdest«, sagt sie.

Das finde ich manchmal so nervig an Sue. Sie will immer über Sex reden.

»Das ist nämlich fantastisch!«, ruft sie.

»Fantastisch? So ein ekliges Tier zwischen den Beinen!«

»Nein, von einem Mädchen geleckt werden, du doofe Nuss.«

»Von einem Jungen, ja!«, sage ich.

»Egal. Eine Zunge ist eine Zunge.« Sue schaut mich giftig an, weil sie weiß, dass diese Theorie ja stimmt. Mit ihren Tricks macht sie es für mich immer schwieriger, nicht weiter zu gehen, als zu küssen und sich gegenseitig die Brüste zu streicheln.

»Hast du deinen Bruder schon gefragt, wann wir in die Stadt können?«, frage ich, während ich mich neben sie ins Gras setze.

Erst schaut Sue brummig, weil ich ein anderes Thema anschneide. Sie seufzt. »Wann du willst«, sagt sie. Und gibt mir einen Kuss. Dreyfuss' Schwanz berührt flüchtig meine Wange. Sues Hand verschwindet unter meinem T-Shirt. Ich ziehe den Bauch ein, weil er im Sitzen megafett aussieht.

Ich spüre, dass ihre Fingerspitzen an meinem Hosenbund rumfummeln, und halte den Atem an. Ich schließe die Augen und denke: Warum eigentlich nicht? In diesem Moment fühle ich Sues Finger, die nach unten rutschen. Jede Sekunde kann sie mein Schamhaar berühren. Mein Herz klopft so schnell wie noch nie. Ich habe keine Ahnung, was ich mit meinem Gesicht anfangen soll. Ich öffne die Augen, um zu sehen, wie Sue in einer solchen Situation schaut, und kriege einen Riesenschreck, denn ich gucke direkt in Dreyfuss' Maul!

»Igitt!«, rufe ich und rücke ein gutes Stück von ihr weg.

Sue sieht mich mit großen Frageaugen an.

»Tut mir leid, Sue«, sage ich. »Ich kann's nicht.« Ich

stehe auf und gehe zum Parkausgang. Ich brauche mich nicht umzuschauen, um zu wissen, dass Sue mir folgt. Sie ist meine beste Freundin. Ich weiß es einfach.

Elf Als ich wieder zu Hause bin, habe ich noch genug Zeit, vor dem Essen ein wenig auf der Brücke zu sitzen.

Die Sonne spiegelt sich im Wasser, ich kann die Augen kaum aufhalten. Mein Vater steht am anderen Ufer und redet mit den Handwerkern. Er zeigt in Richtung Kino. Wir wollen nur romantische Filme zeigen. Die Sitze im Kino sind so gemacht, dass man zu zweit in ihnen sitzen kann, denn in meiner Geschichte ist jeder in jemanden verliebt. Auch Sue. Sie ist mit einem Mädchen zusammen, das mir ein wenig ähnlich sieht. Bloß ihre Augen stehen ein wenig näher zusammen und sie schielt ein bisschen.

Ich bin mittlerweile mit Benjamin verlobt. Er ist blond und hat braune Augen. Er sieht Sues Bruder ähnlich, aber er ist hübscher und netter. Benjamin arbeitet in der Firma meines Vaters. Er trägt einen guten Anzug und muss den ganzen Tag Aufsicht führen und Dinge kontrollieren. Sein Schreibtisch steht im Bauwagen gegenüber meinem. Wir können uns also den ganzen Tag gegenseitig anschauen. Aber das machen wir nicht, weil wir unheimlich viel Arbeit haben.

Zwölf

»Das ist doch kein Leben!«, sagt mein Vater. In seinem Mund sehe ich gekaute Stückchen Knollensellerie und Kartoffel. »Wie du das nur aushältst«, sagt er. Er gießt einen anständigen Schluck Bier zu dem Brei und schluckt alles auf einmal runter. Inzwischen schaut er meine Mutter grimmig an, die Omas Essen zermanscht und sie füttert wie ein Baby.

Meine Oma wird senil. Es ist ganz plötzlich passiert, eine Woche nach Opas Tod. Allzu plötzlich, sagt mein Vater. Und damit meint er, dass er überhaupt nicht glaubt, dass sie senil ist. Als würde jemand das zum Spaß machen! Er behauptet, sie wolle damit unsere Aufmerksamkeit auf sich lenken.

Also, da kann man sich wirklich andere Sachen einfallen lassen. Als würde man sich gern von seiner Tochter füttern lassen oder freiwillig in die Hosen machen!

»Du hast doch gar nichts damit zu tun«, sagt meine Mutter. Sie schiebt den Löffel in Omas Mund und säubert anschließend damit ihre Mundwinkel.

Oma kaut wie eine Schildkröte, finde ich. Sie guckt auch wie eine Schildkröte. Jedenfalls stelle ich mir vor, dass Schildkröten so kauen und gucken.

Das mache ich immer. Ich versuche alle mit einem Tier zu vergleichen. Das habe ich von meiner Mutter.

Sie hat meinen Vater mit einem verletzten Vögelchen verglichen.

Oma sah früher aus wie eine Edelkatze. Eine Perserkatze oder so. Das liegt daran, dass sie früher immer auf der Veranda saß. Und da sitzen Katzen auch gern, glaube ich.

Mit kerzengeradem Rücken und übereinandergeschlagenen Beinen saß sie auf einem Hocker und spähte in die Ferne, in der Hoffnung, dass Opa von seinem Boot zurückkehrt. Sie trug fast immer einen Strohhut und eine große, auffällige Sonnenbrille mit Elfenbeinfassung.

Mein Opa ist fünfundvierzig Jahre lang Fährmann gewesen. Sein Boot lag dort, wo nun der Stützpfeiler der Brücke steht. Sechsmal am Tag brachte er Leute von unserem Ufer auf die andere Seite. Es heißt, sein Boot sei jedes Mal proppenvoll gewesen. Manchmal konnte er nicht mal alle Leute mitnehmen. Aber das war ganz früher. Die letzten Jahre, als mit der Arbeit an der Brücke begonnen wurde, fuhr er nur noch, wenn jemand bei uns an der Haustür klingelte und darum bat.

»Dafür darf man mich nachts aus dem Bett holen«, sagte er oft. »Und wenn ich nur einen Hund übersetzen soll.«

Es muss hier irgendwann mal wunderbar gewesen sein, viele Leute kamen her, sogar Touristen. Es gab Sommer, in denen meine Oma auf dem Bootssteg Eis verkaufte. Hier war immer was los. Das weiß ich von unzähligen Fotos und weil meine Großeltern stundenlang davon erzählen konnten. Manchmal fand ich, dass sie übertrieben, und sagte, ich hätte ihre ollen Geschichten über früher und das Boot schon tausendmal gehört.

Aber jetzt fehlen sie mir schon.

Seit Opa tot ist und Oma senil, ist es still im Haus. So still, dass ich manchmal froh bin, dass meine Mutter und mein Vater sich streiten. Das ist immer noch besser als diese eklige Stille.

Auch jetzt hängt wieder Streit in der Luft. Mein Vater sieht meine Mutter immer noch wütend an. Er kann es nicht ertragen, dass sie Oma füttert und verwöhnt.

»Die Alte nutzt dich aus«, sagt er. Mein Vater hat kein Herz. Wenn du sehen könntest, wie jämmerlich Oma dort sitzt, würdest du bestimmt verstehen, was ich meine. Wie eine jämmerliche Schildkröte.

Ich finde, dass mein Vater eher eine Qualle ist als ein Vögelchen. Eine Qualle am Strand tut auch keinen Handschlag, ist aber sehr giftig.

Meine Mutter ist wie eine Pavianmutter. Das sage ich ihr natürlich nicht, schließlich wird niemand gern mit einem Affen verglichen. Aber ich habe mal eine Pavianmutter im Zoo gesehen und die kümmerte sich so fürsorglich um ihre Kinder, dass ich an meine Mutter denken musste.

Dreizehn

»Sue, wenn du mich mit einem Tier vergleichen würdest …«

»Ein Gecko«, sagt Sue.

»Ein Gecko?«

»Ja.«

Während ich mich frage, welche Ähnlichkeit zwischen mir und einem Gecko besteht, muss ich einfach an Sue im Park denken. Die Beine gespreizt und Dreyfuss unter ihrem Rock. Und ich denke an seine spitze Zunge und was er damit nicht alles macht. Und weil ich daran denke, weiß ich auch, warum Sue mich am liebsten mit einem Gecko vergleicht.

Vierzehn

In meinem Zimmer hängt eine Bullenhitze.

Ich habe mir einen Ventilator aufs Nachtschränkchen gestellt. So ein altes, gammeliges Teil, das ich auf dem Dachboden gefunden habe. Er bewegt sich die ganze Zeit hin und her, wodurch erst mein Kopf, dann mein Bauch und dann meine Beine ganz kurz Zugluft bekommen, also nie mein ganzer Körper gleichzeitig. Ich habe die kompliziertesten Haltungen ausprobiert, mich wie eine Kugel zusammengerollt, mich mit hochgezogenen Beinen gegen das Kopfende gelehnt und quer übers Bett gelegt. Nichts hilft. Es gibt immer irgendeinen Körperteil, der nicht bewedelt wird.

Dann eben aufstehen.

Kaum setze ich einen Fuß auf den Boden, werde ich schon daran erinnert, dass das ganze obere Stockwerk unseres Hauses knarrt wie eine Seeräuberschaluppe.

Meine Mutter behauptet, das käme von all den Autos, die schon in unser Haus gefahren sind. Seit Jahren bittet sie meinen Vater, doch endlich was daran zu tun.

Aber wie ich schon sagte, macht mein Vater keinen Finger krumm, und unser Haus wird knarren, bis es endlich einstürzt.

Normalerweise stört mich das Knarren nicht die Bohne. Es füllt die Stille und meine Eltern streiten sich darüber, was auch wieder Stille füllt.

Aber im Moment stört es ziemlich. Meine Mutter

wacht schon von einer Mücke an der Wand auf. Wenn ich jetzt durchs Haus laufe, will sie mit Sicherheit wissen, was ich vorhabe. Sie ist der Ansicht, die Nacht sei nur dazu da, im Bett zu liegen. Auch wenn die Autos, die die ganze Nacht ankommen und abfahren, etwas ganz anderes erzählen. Auch jetzt fährt wieder eins vorbei, ich kann die Musik bis in mein Zimmer hören. Meine Mutter wird noch mal verrückt davon. »Dieses ganze Gesocks, das uns nachts aufweckt!«, sagt sie immer.

Mittlerweile stehe ich schon im Treppenhaus. Das Knarren hält sich in Grenzen. Ich habe gemerkt, dass man – wenn ich ganz nah an den Wänden entlanggehe und die Füße seitlich auf die Leisten aufsetze – so gut wie gar nichts hört.

Auf dem Bügelbrett unten liegt mein Jeansrock und auf der Veranda hängen meine T-Shirts an der Wäscheleine. Das gelbe mit den roten Lippen auf der Brust ist schon fast trocken. Jetzt noch Flipflops an und dann los!

Bevor ich mich versehe, stehe ich vor unserem Haus auf der Straße, in der Kurve. Obwohl es noch ziemlich warm ist, wird mir kalt. Soweit ich mich erinnern kann, habe ich um diese Uhrzeit noch nie hier gestanden.

Ich blicke an der Außenwand unseres Hauses hoch, um festzustellen, ob meine Mutter inzwischen wach geworden ist. Alle Fensterläden sind geschlossen. Im Glas der Haustür sehe ich kein Licht. Vielleicht sollte ich es einfach wagen. Oder doch nicht?

Zu spät, meine Beine setzen sich schon in Bewegung.

Schon von weitem sehe ich die Autos auf der Wiese stehen. Einträchtig nebeneinander, die Nasen Richtung Wasser.

Ich stelle mir vor, dass ich mit Benjamin in einem dieser Autos sitze. Wir schauen über den Fluss und schweigen. Wir wollen zwar etwas sagen, aber das übernimmt die Aussicht für uns, in viel schöneren Worten.

Ich habe mich hinter einem hohen Strauch versteckt, von hier aus kann ich Leute zwischen den geparkten Autos umhergehen sehen. Ab und zu bleibt jemand an einer Wagentür stehen und im Auto wird Licht angemacht. Ich sehe auch jemanden an der Beifahrerseite einsteigen, während aus einem anderen Auto wiederum jemand aussteigt. Ein Mann hält sich beide Hände vors Gesicht und lugt durch ein Autofenster nach draußen.

Die Leute kennen sich alle, vermute ich. Vielleicht kommen sie so oft her, dass sie nun eine große Clique geworden sind.

Verdammt! Dass ich das durch die Blödheit meiner Mutter alles verpassen musste! Ich wohne schon mein Leben lang hier und wusste nichts von dem, was sich hier nachts abspielt! Ich sollte die Anführerin dieser Clique sein! Ich sehe mich schon auf dem Dach eines Autos sitzen. Meines Autos, natürlich. So ein alter olivgrüner Pick-up mit viel Chrom und weißen Ledersitzen. Und am Rückspiegel baumelt der Schwanz von irgendeinem gefährlichen Tier. Vom Dach aus spreche ich zu meinen Freunden. Rund um die Autos habe ich brennende Fackeln aufgestellt und Benjamin spielt für die ganze Bande Gitarre.

In der Ferne höre ich ein Auto. Ich kann unmöglich hinter diesem Strauch hier stehen bleiben und beschließe einfach so zu tun, als würde ich gerade weggehen.

Als das Auto fast auf meiner Höhe ist, versuche ich zu erkennen, wer hinterm Steuer sitzt, aber die Scheinwerfer scheinen mir voll ins Gesicht. Mit halb zusammengekniffenen Augen gehe ich weiter. Ich höre, dass das Auto im Schritttempo an mir vorbeifährt und einen Moment später anhält, um im Rückwärtsgang wieder zu mir zurückzufahren. Der Mann auf dem Beifahrersitz hat das Fenster runtergekurbelt. Ich gehe einfach weiter. Mein Herz hüpft, ich beschleunige meinen Schritt und denke an die Warnungen meiner Mutter. Das Auto fährt noch immer neben mir her. Die Männer reden miteinander, aber ich kann sie nicht verstehen. Ich höre nur, dass der eine Bill heißt. Sie lachen und machen eine Bemerkung über die Lippen auf meinem T-Shirt. Dass ihre Lippen auch gern dort wären oder so was. Der Mann am Lenkrad heißt Stanley. Zumindest ist dieser Name auf seinen Oberarm tätowiert. Ein Herz mit seinem Namen darüber und darunter ein durchgestrichener Name.

»Neu hier?«, fragt er. Ich spüre, wie Bills Augen über meine Beine gleiten. Glitschige Geiferaugen.

Mein Mund ist staubtrocken. Ich bringe kein Wort raus.

»Dich habe ich noch nie hier gesehen«, sagt Stanley.

»Ich würde mich ganz bestimmt daran erinnern«, sagt Bill mit den glitschigen Geiferaugen.

»Ich wohne hier ganz in der Nähe«, stottere ich.

Die Männer fangen an zu lachen. »Das sagen sie alle!«

Plötzlich packt Bill mich am Handgelenk. Er zieht mich gegen die Autotür. »Kommst du noch kurz mit?«, fragt er. Ich muss in seine Augen schauen, so nah zieht er mich an sich. Er riecht gut.

»Und?«, fragt er mit einem Lächeln, das zu seinem Duft passt.

Fast hätte ich auch gelächelt, aber seine Finger um mein Handgelenk graben sich fest in meine Haut. Das kann nicht gut sein, schießt es mir durch den Kopf. Mit einer heftigen Bewegung reiße ich mich los. Ich spüre, wie seine Fingernägel meine Haut aufkratzen.

»He!«, ruft er noch. Aber ich bin schon längst an dem

Auto vorbei. Ich stelle mir so fest vor, sie würden einfach weiterfahren, dass es unbedingt klappen muss.

Zu Hause halte ich mein Handgelenk unter den Wasserhahn. Minutenlang. Die Streifen, die Bill mit seinen Fingernägeln in meine Haut geritzt hat, färben sich rot unter dem fließenden Wasser.

Fünfzehn

Ich liege auf Sues Bett und starre an die Decke. Nicht dass es da was Besonderes zu sehen gäbe, aber ich liege auf dem Rücken und dann geht das ganz automatisch.

Sue liegt auf der Seite, den Kopf in die Hand gestützt, so dass sie mich von oben bis unten angucken kann. Ihre andere Hand ruht flach auf meiner Brust.

»Sue, bist du schon mal nachts an der halben Brücke gewesen?«, frage ich. Was eine blödsinnige Frage ist, denn Sue kommt nie zu mir. Ich gehe immer zu ihr. Wie eine Art Vereinbarung, die wir nie getroffen haben.

»Was gibt's denn dort?«, fragt sie. Ich kann das Misstrauen in ihrer Stimme hören. Sue will, dass ich mit keinem außer ihr Dinge unternehme. Wenn es nach ihr ginge, würde sie mich festbinden und einsperren lassen, sobald sie nicht mehr in meiner Nähe ist.

»Ach, nur so«, sage ich.

»Gehst du manchmal dahin?«

»Oft«, sage ich.

»Was gibt's denn dort zu sehen?«, fragt Sue.

»Den Fluss und das andere Ufer.«

»Wow!«, sagt Sue spöttisch. »Den Fluss und das andere Ufer.« Sie klingt erleichtert, dass es nur das ist. Sie legt ihre Hand wieder auf meinen Busen. Nicht wie eine kleine Schüssel, sondern ganz normal. Also wie eine Hand. Eine Hand, die streichelt und knetet.

»Ich treffe mich dort immer mit jeder Menge Jungen und Mädchen«, höre ich mich sagen.

Ihre Hand wird zum Schüsselchen.

»Was macht ihr denn so?«

»Den Fluss anschauen und das andere Ufer.«

»Ach so.« Schüsselchen wird Hand.

»Wir sind inzwischen richtige Freunde geworden«, sage ich.

»Wer?«

»Na ja, die Clique, mit der ich mich an der halben Brücke treffe.«

»Warum weiß ich nichts davon?« Schüsselchen.

Ich zucke die Achseln. »Keine Ahnung.«

»Wer sind diese Freunde denn?«, fragt Sue.

»Tja, Bill und Stanley zum Beispiel.« Ich drehe mich auf den Bauch, damit Sue mein Gesicht nicht sehen kann. Vielleicht lüge ich so schlecht, dass sie es mir an den Augen ablesen könnte.

»Jungen«, höre ich Sue murmeln.

»Ja, Jungen«, sage ich.

»Und ihr schaut nur?«

Ich antworte nicht. Weil ich mich das plötzlich auch frage. Nur schauen.

Ich sage so lange nichts, dass Sue sauer wird. Sie rollt sich vom Bett und zieht ihr Top wieder an.

»Was ist denn?«, frage ich.

»Vielleicht gehst du besser zu deinen Freunden«, sagt sie. Sie verschränkt die Arme wie ein kleines Kind und wendet den Blick von mir ab Richtung Tür.

»Was sollten wir denn sonst machen außer schauen?«, frage ich, ein bisschen in der Hoffnung, dass sie's mir erzählt.

»Was soll's denn dort zu sehen geben, nachts?«, sagt Sue.

»Die Laternen am anderen Ufer«, sage ich, während ich selbst höre, wie läppisch das klingt.

»Ja, klar!«

»Und den Mond.« Ich höre, wie ich etwas verteidige, über das ich mir plötzlich selber im Unklaren bin. »Und die Sterne!«

»Ich würde mit Bill und Stanley aber ganz andere Sachen machen«, sagt Sue. Sie mustert meine Brüste, mit Augen wie Hände, die viel zu fest kneten.

»Ich dachte, du wärst lesbisch?«

»Ach, du weißt genau, was ich meine«, sagt Sue.

Sechzehn Benjamin ist für dieses Flussufer verantwortlich. Es ist sein Projekt.

Eigentlich ist es eine Art Beförderung, was doch bedeutet, dass mein Vater vollstes Vertrauen zu ihm hat. Das ist schon was wert, wenn man bedenkt, wie die Leute zu meinem Vater, dem Bauleiter, aufsehen.

In einer romantischen Laune haben wir erst an einen Park mit Teich und Kräutergarten gedacht. Aber Benjamin sagt, wir müssten Touristen herlocken, genau wie früher.

Die Aussicht ist so atemberaubend, dass wir hier ein Drive-in-Kino eröffnen müssten. Aber ohne Leinwand. Die Aussicht ist schöner als alle Filme der Welt.

Bevor die Leute parken, können sie von ihrem Auto aus an einer Bude Hotdogs bestellen oder im Sommer Eis.

Außer Hotdogs oder Eis essen werden die Leute einfach nur schauen. Sich einfach den Fluss und das andere Ufer anschauen, die Laternen und die Sterne und den Mond, der sich im Wasser spiegelt. Die Leute werden kein Wort zueinander sagen. Sie werden sprachlos sein.

Siebzehn

Als ich reinkomme, stellt meine Mutter gerade den Topf mit Kartoffeln auf den Tisch.

»Wo kommst du denn her?«, fragt sie. Ihr Ton verrät, dass sie die Antwort schon kennt. Sie wedelt den Dampf weg, der aus dem Topf aufsteigt, um mich ansehen zu können.

»Ich war an der halben Brücke.«

»Du bist zu spät«, sagt meine Mutter.

»Stimmt nicht ...«, widerspreche ich. Aber sie gibt mir keine Chance. »Du treibst dich in letzter Zeit verdammt noch mal ständig da rum!«

»Ja, aber ich bin nicht zu spät.« Demonstrativ gucke ich auf die Küchenuhr. Gerade jetzt hätte ich bei meiner Mutter besser nicht den Klugscheißer raushängen lassen sollen.

»Jetzt hör mir mal gut zu, Mädchen«, sagt sie. Sie hat eine Hand in die Hüfte gestemmt und zeigt mit dem großen Fleischmesser auf mich. Ich weiche einen Schritt zurück, um ihr klarzumachen, dass das Ding, mit dem sie so wild rumfuchtelt, nichts anderes als ein Messer ist.

Sie wirft ihre Waffe auf die Spüle und sagt: »Du kannst es mir ruhig erzählen, wenn du einen Freund hast!«

»Einen Freund?«

»Ja, einen Freund. Und jetzt tu nicht so, als wüsstest du nicht, was das ist.«

Mein Vater, der auf dem Sofa hängt und Fußball schaut und normalerweise nur mitkriegt, was sich auf dem Feld abspielt, muss darüber lachen. Meine Mutter verzieht keine Miene. »Lass dich nur nicht dazu überreden, Sachen zu machen, zu denen du selbst noch nicht bereit bist.«

»Ma-am, ich bin fünfzehn!«, sage ich.

»Siehst du!«, ruft sie. Und blickt meinen Vater an. »Es ist schon passiert!«

Mein Vater macht eine Handbewegung, die ihr klarmachen soll, dass er wegen ihres Gezeters den Ball nicht über das Gras rollen hören kann.

»Mam, ich habe keinen Freund«, sage ich, während ich mich an den Tisch setze, weil ich hoffe, dass wir gleich essen werden. Denn dann hält sie ihren Mund. Beim Essen spricht man nicht, ist eine goldene Regel meiner Mutter.

Aber sie setzt sich einfach neben mich. Schiebt ihren Stuhl neben meinen und legt ihre Hand auf meinen Arm. »Das ist ja nicht verboten, weißt du«, sagt sie.

»Was?«

»Ein Freund. Ich möchte ja nur nicht, dass du ständig dort an der Brücke bist.«

»Aber warum denn nicht? Es ist dort ...«

»Verdammt, dein Opa ist dort heruntergestürzt«, flüstert meine Mutter.

Wir schauen beide zu der Ecke, in der Oma sitzt, als dürfte über das Thema Opa nicht gesprochen werden, wenn sie dabei ist.

Oma zuckt ganz wild mit den Schultern.

»Was hat sie denn?«, frage ich.

»Sie bekommt andere Tabletten.«

»Und davon muss sie so rumzucken?«

Meine Mutter nickt. »Ich glaube jedenfalls, dass es daran liegt.« Sie wuschelt mir durchs Haar. »Warum lässt du es nicht wachsen?«, fragt sie.

»Warum sollte ich. Ist doch praktisch, so kurz.«

»Es ist so jungenhaft«, sagt meine Mutter, »das mögen sie nicht so gern.«

»Wer?«

»Jungen!«

»Dann können sie mir den Buckel runterrutschen.«

Meine Mutter beugt sich nach vorn, so dass ihr Kopf ganz dicht neben meinem Ohr ist. »Du stehst aber doch auf Jungen, oder?«

»Ma-am!« Ich schiebe sie von mir weg und zeige ihr einen Vogel.

»Ja, es ist ja nur, du bist wirklich sehr oft mit Sue zusammen, findest du nicht?«

»Ja und?«

»Sie ist doch ...«, flüstert meine Mutter. »Na ja, du weißt schon ... lesbisch.« Sie sagt es so leise, dass ich einen Moment lang denke, dass Sue hier im Haus ist.

»Mam, lesbisch sein ist nicht ansteckend«, sage ich.

Achtzehn

Im Bett muss ich an Mams Worte denken. Dass ich so oft mit Sue zusammen bin.

In der Schule gibt's eine Menge Leute, die auch denken, dass ich es bin. Eine Lesbierin. Das finde ich übrigens ein ganz furchtbares Wort, Lesbierin.

Sue sagt Lesbe. Aber das ist auch nicht viel besser.

Das mussten wir uns in der Schule schon oft genug anhören: Da sind die Lesben ja wieder.

In der Klasse sagen sie, ich sei der Mann und Sue die Frau. Anscheinend ist es in einer Beziehung zwischen zwei Mädchen genau wie bei einer normalen Beziehung. Eine übernimmt immer die Frauenrolle. Und die andere ist die starke Frau, die für die Männersachen zuständig ist.

Nicht dass ich so stark aussehe. Das sagen sie natürlich bloß, weil ich kurze Haare habe.

Sue sieht ziemlich mädchenhaft aus. Sie hat halblanges Haar, das sie meistens in zwei Zöpfen mit Schleifen trägt.

Eigentlich hat es mir nie besonders viel ausgemacht, dass sie in der Schule denken, dass ich auch eine bin. Ich finde es aber schlimm, dass meine Mutter es denkt.

An der Innentür meines Kleiderschranks hängt ein Spiegel, in dem ich mich in voller Größe sehen kann. Ich betrachte meine Kleider: ein enges T-Shirt mit halblangen Ärmeln und eine olivfarbene Hose mit Reißverschlüssen. Ich trete ein paar Schritte zurück und begucke mich von oben bis unten und wieder zurück. Meine Augen bleiben an meinen Haaren hängen. Sue hat sie mit dem Barttrimmer auf neun Millimeter gestutzt. Ein richtiger Rattenkopf. Das mag Sue gern.

Wenn ich's nicht besser wüsste, würde ich fast auch denken, dass ich wirklich eine bin.

Ich versuche mir einen Jungen vorzustellen. Am liebsten mit wenigen Sachen an, so dass ich vielleicht erregt werde. Dann wären alle Zweifel gleich weg, weißt du. Wenn man auf Mädchen steht, erregt ein halb nackter Junge einen bestimmt nicht.

Ich versuche an Benjamin zu denken, aber ich sehe nur eine vage Figur mit einem Kopf ohne richtige Augen. Das liegt natürlich daran, dass es ihn nicht wirklich gibt.

Und ich denke an Jake, Sues Bruder. Das hilft auch nicht. Und wenn hier hundert solcher Blödmänner nackt vor mir stünden!

Ohne es wirklich zu wollen, rieche ich plötzlich Bills Duft. Und ich sehe seine Augen vor mir. Ein paar Sekunden versuche ich sie in meinem Kopf festzuhalten. Aber ich spüre nichts. Und unten in meinem Bauch kribbelt es nicht. Selbst als ich mir einen Jungen vorstelle, der die besten Dinge von Benjamin, Bill und Jake in sich vereinigt, werde ich nicht erregt.

Lesbierin, denke ich. Fünf Mal wiederhole ich dieses grässliche Wort in Gedanken, um mir sicher zu sein, dass ich es nicht bin.

Neunzehn

Vielleicht muss Oma ins Altersheim. Oder in ein anderes Heim, in dem sie unter ärztlicher Aufsicht oder so was steht.

Sie benimmt sich wirklich seltsam. Zu seltsam, um sie noch länger hier im Haus zu behalten, sagt mein Vater.

Sie zuckt am ganzen Leib und schaukelt die ganze Zeit mit den Schultern von links nach rechts. Wie eine Pendeluhr. Erst dachte ich, dass sie im Rhythmus des Uhrtickens schaukelt, aber das ist nicht so.

Es sieht auch aus, als wolle sie sprechen. Zumindest macht sie den Mund auf und zu. Aber es kommt kein Ton raus. Und sie isst nichts. Meine Mutter befeuchtet Omas Lippen jede halbe Stunde mit einem Waschlappen, damit sie nicht austrocknet. Es sieht so kläglich aus.

Meine Mutter ist ziemlich fertig. Sie weint fast den ganzen Tag. Ganz leise, so dass Oma es nicht merkt. Aber sie merkt es bestimmt doch. Sie hat ein Gespür dafür, weißt du.

Mein Vater nörgelt von morgens bis abends rum. Er hat die Faxen dicke. Er sagt, dass – wenn Oma nicht so schnell wie möglich in ein Heim kommt – er an ihrer Stelle geht.

Meine Mutter tut, als hätte sie das nicht gehört.

Ich glaube, sie hofft heimlich, dass er es wahr macht.

Zwanzig

»Sie ist mit dem Tier auf der Schulter aus dem Haus gegangen«, sagt Sues Mutter, als ich vor der Tür stehe.

Seltsam, Sue wusste doch, dass ich komme. Und wenn Sue weiß, dass ich komme, geht sie normalerweise nicht weg.

Ich radle direkt zum Park, weil das ihr Lieblingsort ist. Ein bisschen so wie früher die Brücke für meinen Opa.

Sue liegt der Länge nach im Gras und glotzt Dreyfuss an, den sie mit beiden Händen hochhebt.

»Du warst nicht da«, sage ich, während ich mein Rad abstelle.

Sue antwortet nicht. Sie ist immer noch in den Anblick von Dreyfuss vertieft, den sie jetzt wie ein Flugzeug über ihrem Kopf kreisen lässt.

Ich lege mich neben sie auf den Bauch. Ich brauche dieses Vieh nicht unbedingt zu sehen.

»Hast du vergessen, dass ich kommen wollte?«, frage ich, nachdem wir eine Minute lang geschwiegen haben.

»Nein!«

»Was ist denn?«

»Nichts.«

»Und ob! Du bist wütend«, sage ich.

Sue schaut mir direkt ins Gesicht.

Ich denke: Sie will mich zu einem Kuss zwingen.

»Du bist eine Hure«, sagt sie. Sofort schaut sie weg und steht auf.

Ich bringe kein Wort raus. Ich frage mich, ob das wirklich Sue ist, neben die ich mich da gerade ins Gras gelegt habe. Sue, die, seit wir Freundinnen sind, niemals auch nur ein einziges böses Wort zu mir gesagt hat.

»Eine Hure?«, ist alles, was ich sagen kann.

Aber Sue läuft weg.

Als sie schon mindestens drei Meter von mir entfernt ist, rufe ich: »Was hast du bloß?«

Sie dreht sich um und läuft rückwärts weiter Richtung Parkausgang. Sie sieht mich mit einem gemeinen Blick an.

»Und?«, frage ich.

»Hau doch ab und fick deine Freunde!«, ruft sie und rennt weg. Sie rennt so schnell, dass es ein richtiger Sprint ist. Der Kies stiebt auf und sie hinterlässt kleine Wolken. Wie im Zeichentrickfilm.

Einundzwanzig

Meine Mutter stopft Wäsche in die Waschmaschine, als ich hereinkomme.

»Sue ist eine eifersüchtige Ziege!«, sage ich.

Ich weiß nicht, ob ich das sage, weil ich das wirklich finde oder weil ich meine Mutter beruhigen möchte, dass zwischen Sue und mir nicht immer Friede, Freude, Eierkuchen herrscht.

»Habt ihr Streit?«, fragt sie.

»Krieg«, antworte ich.

»Wird's wieder?«

»Hoffentlich nicht.«

Meine Mutter macht die Waschmaschine zu, dreht am Schalter und setzt sich neben mich an den Tisch.

»Möchtest du erzählen, was passiert ist?«, fragt sie.

»Nein.«

»Dann nicht.«

Wir sagen eine Weile nichts. Ich höre dem rauschenden Wasser zu und meine Mutter schaut sich ihre Hände an.

Über die Schulter werfe ich einen Blick auf Oma in ihrem Stuhl.

»Wie geht's ihr?«, frage ich.

»Sie schläft«, antwortet meine Mutter.

»Ganz bestimmt?«

Meine Mutter nickt. »Ich sehe regelmäßig nach ihr«, sagt sie.

Wir schweigen wieder.

»Sue ist so eifersüchtig«, sagte ich.

»Worauf denn?«

»Ach, auf alles. Sie kann es nicht vertragen, wenn ich mit anderen zusammen bin.«

Meine Mutter antwortet nicht. Sie sieht mich nur an. Ich fühle mich nicht wohl. Meine Mutter bekommt Stechaugen, wenn sie einen lange anschaut.

»Was ist?«, frage ich.

»Mit wem bist du denn zusammen?«, fragt sie.

Ich zucke die Achseln.

»Darf ich das nicht wissen?«

»Du kennst sie ja doch nicht«, sage ich. Und ich kehre ihr den Rücken zu, in der Hoffnung, dass das Gespräch dann zu Ende ist.

»Versuch's trotzdem mal«, sagt meine Mutter.

»Mam, du kennst sie nicht!«

Sie seufzt und steht auf. Langsam geht sie zur Spüle und lehnt sich mit dem Rücken dagegen.

Sie sieht mich wieder an, ich spüre es ganz genau. Ihre Augen stechen in meinen gebeugten Kopf.

»Ich hab da mal nachgedacht«, höre ich sie sagen. Sie seufzt tief und träge. »Sehr gut nachgedacht«, sagt sie.

Zweiundzwanzig

Ich sitze an der halben Brücke.

Die Brücke ist schon ganz fertig. Endlich sind die beiden Ufer miteinander verbunden.

Auf der anderen Seite werden die Läden, Cafés und Restaurants feierlich eröffnet. Eine Woche lang bekommt man überall Ermäßigung.

Auf unserer Seite der Brücke werden heute Abend Hunderte von Leuten erwartet, die mit ihren Autos kommen und die Aussicht genießen wollen. Wir haben tausend Liter Eis vorrätig, das meine Oma in einer Bude verkauft. Meine Oma ist noch fit.

Benjamin und ich heiraten. Das Fest wird in dem funkelnagelneuen Saal am anderen Ufer stattfinden. Wir fahren auf Hochzeitsreise nach Paris.

Was Originelleres als dieses Standard-Ende fällt mir nicht ein.

Ich hätte mir noch so viel vorstellen wollen.

Dass mein Vater in Rente geht und Benjamin und ich sein Lebenswerk, die Brücke, fortsetzen. Dass wir Kinder bekommen. Zwei oder drei, da bin ich mir noch nicht sicher. Und uns einen Hund zulegen, den wir Boss nennen. Einen Labrador.

Aber meine Mutter hat also nachgedacht.

Sie sagt, dass wir auch von hier wegmüssen, wenn Oma ins Heim kommt. Wenn wir in die Stadt ziehen würden, in die Nähe des Heims, könnten wir Oma ein paarmal pro Woche besuchen. Das sind wir ihr doch schuldig, nach allem, was sie für uns getan hat.

Meine Mutter sagt, es ist auch für mich besser, von diesem verfluchten Ort wegzukommen. Und dass niemand das besser weiß als sie, denn sie ist hier geboren und niemals von hier fortgegangen. Und was ist aus ihr geworden? Sie hat verdammt noch mal meinen Vater geheiratet! Meine Mutter sagt, ich verdiene was Besseres. Ich soll viele Leute kennenlernen und das Leben genießen. Und das ist hier, am Ende der Welt, nicht möglich.

Über all das hat meine Mutter also nachgedacht.

Dreiundzwanzig

Mein Vater ist wütend.

Er steht neben dem Fernseher und zeigt auf Oma. »Obwohl sie nichts mehr kann, schafft sie es trotzdem noch, uns so etwas anzutun!«, brüllt er.

»Was tut sie uns denn an?«, brüllt meine Mutter zurück. Innerlich brülle ich mit ihr, weil ich es so lächerlich finde, dass mein Vater seine Wut an meiner wehrlosen Oma auslässt. So ein Feigling!

»Sie vertreibt uns aus unserem Haus!«, ruft er.

»Das tut sie nicht!«

»Das tut sie wohl! Sogar wenn sie in den letzten Zügen liegt, kriegt sie dich noch so weit, ihr in die Stadt zu folgen. Hier ist unser Zuhause, verdammt noch mal!«

»Ich tue es auch für sie«, sagt meine Mutter und macht mit dem Kinn eine Bewegung in meine Richtung.

Schön, jetzt werde ich also ungebeten in den Streit mit reingezogen. Und ich weiß nicht mal, wessen Standpunkt ich vertreten soll.

Ich finde, meine Mutter hat Recht: Wir sind es meiner Oma schuldig, sie oft im Heim zu besuchen. Darum sollten wir uns natürlich am besten ein Haus dort in der Nähe suchen. Aber ich finde nicht, dass wir meinetwegen so dringend in die Stadt ziehen müssen. Richtig unglücklich bin ich hier nicht. Doch ich verstehe schon, dass meine Mutter denkt, es sei hier für ein Mädchen in meinem Alter zu öde. Obwohl mir das jetzt erst klar wird. Nachdem sie es gesagt hat.

Mein Vater hat aber auch ein wenig Recht, wenn er sagt, wir gehörten hierher. Ich kann mir nicht vorstellen woanders zu wohnen, nirgends wäre es mir so vertraut wie hier.

»Für sie?«, wiederholt mein Vater. Er sagt das in einem Ton, als spräche er nicht über mich, sondern über einen Gegenstand, der ihm jetzt erst aufgefallen ist.

»Das hier ist kein Leben für ein junges Mädchen.«

»Und in der Stadt wohl?« Das Lachen meines Vaters klingt gespielt. »Die Stadt, die verdammt Stadt! Weißt du überhaupt, was für ein Gesocks da rumläuft? Für ihre Sicherheit brauchen wir wahrlich nicht dorthin ...«

»Für ihre Sicherheit brauchen wir auch nicht *hier*zubleiben«, sagt meine Mutter. Sie sieht ihn mit hochgezogenen Augenbrauen an.

Mein Vater ist für einen Moment sprachlos.

Ich weiß, was sie meint. Meine Mutter ist felsenfest davon überzeugt, dass ich – sofern ich nicht unter den Trümmern unseres zu Schutt gefahrenen Hauses sterbe – genau wie Opa von der Brücke stürzen werde.

Mein Vater geht vom Fernseher zum Schrank. Die Hände hat er hinter dem Rücken verschränkt. Er macht große Schritte und schaut auf seine Füße, als würde er die Entfernung messen.

»Wir bleiben hier«, sagt er.

»Ich habe das hier satt, Leo!«, ruft meine Mutter plötzlich, womit sie endlich den dritten Grund preisgibt, warum sie hier wegwill, und gleichzeitig zugibt, dass es also auch für sie selbst ist. Es klingt sogar so, als wäre dieser Grund für sie der entscheidende.

Oder liegt es daran, wie sie meinen Vater ansieht? Wenn ich nicht genau zugehört hätte, würde ich schwören, dass sie gerade gesagt hat: Ich habe *dich* satt, Leo.

Vielleicht hat sie es gesagt. Mein Vater tritt mit voller Wucht gegen einen Stuhl und setzt sich dann auf die Armlehne des Sofas.

»Wenn Lester das wüsste«, zischt er.

»Was hat mein Vater damit zu tun?«, fragt meine Mutter. Sie schaut kurz rüber zu Oma.

»Dieser Ort war sein ganzes Leben«, sagt mein Vater.

Es ist eine Weile still, denn damit hat mein Vater gepunktet. Dieser Ort war Opas Leben.

»Ja, und jetzt ist er tot!«, ruft meine Mutter.

Mein Vater geht sofort wieder zum Angriff über. »Ja, und du weißt nur allzu gut, wie es ...«

Meine Mutter fährt ihm über den Mund. »Hör auf!«, schreit sie. »Hör auf, hör auf, hör auf!« Sie hält sich mit beiden Händen die Ohren zu.

Während meine Eltern noch einen halben Tag lang

weiterstreiten, kann ich nur an eins denken: Es kommt nichts Gutes dabei heraus, wenn Mütter sagen, dass sie nachgedacht haben. Wirklich nicht!

Vierundzwanzig

Ich stehe hinter einem Gebüsch an der halben Brücke. Es ist Mitternacht. Vollmond.

Ich habe meine Jeans und das T-Shirt mit den Lippen auf der Brust über den Schlafanzug gezogen. Es ist viel kühler als bei meinem letzten nächtlichen Ausflug. Die Härchen auf meinen Armen richten sich auf.

Dieses Mal ist es nicht die Hitze, die mich aus meinem Zimmer getrieben hat. Ich kann einfach nicht schlafen, weil ich an nichts anderes denken kann als daran, dass ich vielleicht umziehen werde. Dass ich diesen Ort womöglich für immer verlasse, dass meine Geschichte zu Ende ist.

Aber es gibt noch einen Grund, weshalb ich nicht einschlafen kann. Die ganze Zeit muss ich an Sue denken.

Okay, nicht an Sue selbst, die kann mir den Buckel runterrutschen! Samt ihrem ekelhaften grünen Vieh! Ich denke daran, wie gemein sie zu mir war. Wenn es für sie wirklich ein Problem ist, dass ich Freunde an der halben Brücke habe, will ich sie nie wiedersehen! Echte Freundinnen sind nicht eifersüchtig aufeinander.

An der halben Brücke parken sechs Autos. Sie stehen ein wenig chaotisch da. Das Auto von Stanley und Bill kann ich nirgends entdecken.

Es dauert eine Weile, bevor etwas geschieht. Aber dann steigt doch jemand aus. Es ist ein Mann. Das kann ich sehen, weil der Vollmond die Welt ins Spotlight setzt.

Der Mann steigt in ein anderes Auto. Er hält einen Schlüsselbund in der Hand. Er startet und fährt weg.

Als er an mir vorbeifährt, versuche ich mich so gut zu verstecken, dass ich praktisch im Gebüsch sitze und nicht mehr dahinter stehe. Es riecht nach Pisse und verfaulten Blättern.

Erst als der Wagen schon eine Weile weg ist, verlasse ich mein Versteck. Mit Blei in den Schlappen und zittrigen Beinen gehe ich auf die halbe Brücke zu. Der Schweiß brennt unter meinen Achseln.

Ich balle die Fäuste. Es ist meine halbe Brücke, verdammt noch mal! Es ist mein Opa, der hier fünfundvierzig Jahre lang Fährmann gewesen ist. Es sind meine Großeltern, die Hunderte Fotos von diesem Ort haben. Ich und sonst niemand bin hier als Kleinkind nackig rumgerannt. Es ist mein Vater, der zu den Arbeitern gehörte, die die beiden Ufer miteinander verbinden sollten …

Während ich mir einen Grund nach dem anderen zurechtlege, zu dieser Stunde des Tages an diesem Ort zu sein, bin ich kaum noch anderthalb Meter von der Rückseite eines Autos entfernt. Es ist ein blauer Chevrolet mit Aufklebern am Heck und einem fusseligen Teppich auf der Hutablage.

Sieht so aus, als ob niemand darin sitzt. Ich beuge den Kopf vor, um besser in den Wagen schauen zu können. Auf dem Rücksitz bewegt sich etwas. Ein Hund, denke ich einen Moment. Aber es ist kein Hund. Ich sehe einen Hinterkopf. Strubbelige Haare. Und ich sehe Knie, die über dem Rücksitz hervorschauen. Und dazwischen ist der Kopf. Vor allem weil mir klar wird, dass der Kopf und die Knie zu kompliziert ineinander verschachtelt sind, um zu einer Person zu gehören, frage ich mich, was da nun eigentlich los ist.

Plötzlich höre ich, wie sich die Tür eines anderen Autos öffnet.

»He!«, ruft jemand. Ein Mann mit Baseballkappe winkt mir. Er lacht mir zu.

Ich schaue ihm einen Moment lang direkt ins Gesicht. Er muss mindestens vierzig sein. Ohne die Baseballkappe vielleicht auch fünfzig.

»Nun komm schon«, sagt er, während er kurz nickt. Ich sehe Schweißperlen unter seiner Nase. »Komm jetzt!«

Ich frage mich, was ich sagen oder machen soll. Der Mann ist nicht gerade der Typ, den ich zum Mitglied meiner Clique machen würde.

»Du hast doch keine Angst?«, fragt er.

Ich schüttle den Kopf. Was nicht so ganz der Wahrheit entspricht.

Der Mann lächelt breit. »Dann ist ja gut«, sagt er. Und

macht mit der Hand eine Bewegung, als wolle er mich hypnotisieren. Es sieht so aus, als würde ihm das auch gelingen. Plötzlich scheint alle Willenskraft aus meinem Körper weggeflossen zu sein. Meine Füße schlagen Wurzeln bis tief in die Erde.

Der Mann mit der Baseballkappe schließt die Tür seines Wagens und kommt auf mich zu.

Ich will wegrennen, aber es ist, als sei ich von der Taille abwärts gelähmt.

Erst als ich noch eine Autotür aufgehen höre und die Baseballkappe einen Moment in die andere Richtung schaut, erwache ich aus der Hypnose und renne los. Ich renne so schnell, dass mir die Augen vom Wind tränen, der mir ins Gesicht schlägt. Der Sand unter meinen Schlappen stiebt in Wölkchen auf.

Fünfundzwanzig

Hundert Meter vor unserem Haus bleibe ich stocksteif stehen: Aus der Vorderseite des Hauses scheint eine riesige Staubwolke aufzusteigen. Aus der Wolke ragt ein Stück Kofferraum eines Autos.

Ich sehe meine Eltern im Pyjama. Mein Vater schlägt die Hände über dem Kopf zusammen und läuft hektisch hin und her. Meine Mutter wirkt viel ruhiger. Sie wedelt den Staub und Rauch vor ihrem Gesicht weg. Es sieht aus, als suche sie etwas, das sich in der Ferne befindet.

Erst als ich ihr ansehe, dass sie mich bemerkt hat, wird mir klar, dass sie auf mich wartet. Ihre Lippen bewegen sich. »Siehst du!«, sagt sie, glaube ich. Aber es kann genauso gut ein Fluch sein.

Ich denke kurz daran, wieder umzukehren. Oder einfach ganz schnell wegzulaufen, egal wohin, nur nicht zu meiner Mutter.

Sie kommt mit großen Schritten auf mich zu. Ich überlege, was ich tun soll: Stehen bleiben und allen Ärger einstecken oder schnell wegrennen.

Ich zweifle immer noch, als sie schon bei mir ist. »Was ist passiert?«, frage ich und zeige auf unser Haus. Am besten fange ich von was anderem an, denke ich.

»Was passiert ist?«, wiederholt meine Mutter. Sie sieht mich wütend an. »Woher kommst du?«

»Ich konnte nicht schlafen«, sage ich leise.

»Du warst an der Brücke!«, sagt meine Mutter.

»Ja, ich konnte wirklich nicht schlafen«, sage ich.

»Was habe ich dir verdammt noch mal gesagt!«

Meine Mutter packt mich am Arm und zerrt mich wie ein kleines Kind hinter sich her. Ihre Fingernägel bohren sich in meine Haut.

»Mam, du tust mir weh!«, sage ich.

»Das ist mir so was von scheißegal.« Sie schickt eine Reihe von Flüchen hinterher und kneift noch fester zu.

»Sie war an der Brücke«, sagt sie zu meinem Vater. Erst als ich neben ihm stehe und die Hände auf das Auto lege, wird mir klar, was passiert ist. Mühselig winde ich meinen Arm frei. »Unser Haus wurde gerammt!«, sage ich, mehr zu mir selbst als zu meinen Eltern. Ich kann gerade eben noch ein Lächeln unterdrücken, weil ich merke, dass meine Mutter mich böse anstarrt.

Mein Vater versucht den Türgriff an der Beifahrerseite mit der Hand zu erreichen. Er schafft es nicht, weil der Wagen genau bis zum Griff in unser Haus gefahren ist. Zwischen der Mauer und dem Auto ist nicht genug Platz für die Hand meines Vaters. »Ich kriege die verflixte Tür nicht auf!«, sagt er.

»Sitzt da noch jemand drin?«, frage ich.

»Nein, heutzutage fahren Autos von allein«, antwortet meine Mutter genervt.

Ich tue, als hätte ich es nicht gehört, und versuche

durch die Heckscheibe ins Auto zu spähen. Aber weil die Fenster beschlagen sind, kann ich nichts sehen.

»Ist er tot?«, frage ich meinen Vater, der immer noch versucht seine Hand zwischen die Mauer und die Autotür zu quetschen.

»Keine Ahnung, Kind«, sagt er. »Erst mal müssen wir die Tür aufkriegen.«

»Dazu müssen wir das Auto ein Stück weiter ins Haus schieben«, sage ich.

»Auf keinen Fall«, sagt meine Mutter. »Der Schaden ist auch so schon groß genug.«

»Mam, wenn die Tür nicht frei ist, kommen wir nicht weiter.«

»Recht hat sie«, sagt mein Vater. »Komm.« Er gibt mir ein Zeichen, dass ich schieben soll.

Ich stelle mich an die linke Rückleuchte und stemme beide Hände gegen den Kofferraum. Mein Vater macht genau dasselbe an der anderen Seite.

»Jetzt!«, ruft er und schiebt, so fest er kann. Sein Hals wird feuerrot. Er merkt, dass ich ihn ansehe, und nickt mir zu. Anerkennend, denke ich. Als wolle er sagen: Das machst du gut, Mädchen.

Während sich die Räder langsam in Bewegung setzen, spüre ich eine Art Wärme durch meinen Körper strömen. Eine Glut, die im Bauch entsteht und irgendwo oben an meinem Rücken verschwindet.

Das Auto, das in unser Haus gefahren ist, die Teamarbeit mit meinem Vater, der Fahrer, über den wir noch nichts wissen, der Schaden an unserem Haus, aber vor allem die Tatsache, dass ich das hier endlich erlebe, sorgen bei mir für eine seltsame Art von Erregung.

Ich schaue zu meinem Vater, um festzustellen, ob er vielleicht auch so etwas spürt.

Die Glut in meinem Körper wird dadurch nur noch stärker. Mein Vater schiebt das Auto verbissen in unser Haus, mit einer Kraft, die ich niemals zuvor bei ihm erlebt habe. Es ist, als hätte er jahrelang auf diesen Augenblick gewartet.

Wir schieben den Wagen etwa zehn Zentimeter weiter ins Haus hinein. Meine Mutter steht da und guckt, als würde sich der Schaden hierdurch um hundert Prozent erhöhen.

»Ich schätze, wir sind gerade noch so in der Risikozone«, sage ich.

»Ach«, macht meine Mutter. Sie schüttelt den Kopf.

Während sich mein Vater die Hände an der Schlafanzughose abwischt, haste ich zur Autotür. Ich muss alle Kraft aufwenden, um sie zu öffnen. Als wäre sie festgefroren.

In dem Moment, in dem meine Mutter meint, dass ich die Finger davon lassen soll, und mein Vater es stattdessen versuchen will, öffnet sich die Tür mit einem quietschenden Geräusch. Ein Teil der Fensterscheibe, die in der Mitte schon gesprungen war, fällt in Tausenden winzig kleinen Stücken auf unseren Teppich.

Im Auto sitzt ein Mann. Er hat dunkelblondes, gewelltes Haar. Kurz und im Nacken ein wenig länger. Sein Gesicht kann ich nicht sehen, weil er beide Hände aufs Steuer stützt und seinen Kopf daraufgelegt hat.

Er atmet noch. Das kann ich sehen.

»Geht's?«, frage ich.

Mit der rechten Hand berührt er seine Stirn und stöhnt. Dann wendet er mir träge sein Gesicht zu. Wo seine Hand die Stirn berührt hat, sickert eine dünne Blutspur zu einer Augenbraue. Dort verzweigt sie sich in feinere Verästelungen, die sich wie ein Netz über seine Schläfe zur Wange ziehen.

Er sieht mich einen Moment lang an und nickt ein paarmal kurz.

Seine Augen sind dunkelblau. Er ist bestimmt kaum älter als achtzehn.

Sechsundzwanzig Meine Mutter sagt, es sei noch nie so schlimm gewesen. Aber das hat sie das vorletzte Mal, als ich im Krankenhaus lag, auch schon gesagt.

Sie hat den Schaden begutachtet.

Dreieinhalb Quadratmeter Mauer müssen wieder aufgebaut werden. In der Risikozone brauchen wir neuen Teppichboden. Es waren so viele Glasscherben darauf gelandet, dass man sie auch mit dem Staubsauger nicht mehr wegkriegen konnte. Die Innenwand muss gestrichen und die Holzverkleidung der gesamten Frontseite des Hauses muss ersetzt werden.

»Aber diesmal müssen wir wenigstens nichts abstützen lassen«, sagt mein Vater mit erhobenem Zeigefinger. »Alles halb so wild.«

»Leo, es hat sich wieder mal gezeigt, dass wir hier nicht länger bleiben können«, sagt meine Mutter.

»Verdammt, als ob es das erste Mal wäre!«, flucht er.

»Irgendwann ist das Maß voll, Leo.«

»Du solltest dankbar sein«, fängt mein Vater wieder an.

»Dankbar, dankbar!«, brüllt meine Mutter. Wirklich, sie brüllt jetzt. »Weil irgendein Kerl unser Haus rammt!« Wie sie *irgendein Kerl* sagt, tief aus dem Bauch heraus, hört es sich an, als meinte sie jemanden, den sie kennt und hasst.

Mein Vater zeigt auf das Kreuz über der Küchentür. »Er

hat beschlossen, dass die Zeit für den Jungen noch nicht gekommen war.« Demonstrativ bekreuzigt er sich.

Meine Mutter schüttelt den Kopf. »Wann hörst du endlich mit diesem Unsinn auf«, sagt sie.

Der Junge liegt auf unserem Sofa. Er hat noch kein Wort gesagt. Er tastet nur nach der Wunde auf seiner Stirn und versucht mühsam sein rechtes Bein zu strecken.

Während ich ihn anschaue, frage ich mich, ob er sich hier nicht auskannte und tatsächlich über die Brücke fahren wollte. Dann haben wir ihn wirklich gerettet.

Oder er gehört zu der Clique an der halben Brücke, denke ich plötzlich. Und hat unsere fiese Kurve einfach nicht gekriegt.

Siebenundzwanzig

Meine Mutter ignoriert mich.

Das bedeutet nicht, dass sie böse ist. Wenn meine Mutter böse ist, schreit sie nämlich. Ist sie wütend, dann brüllt sie sogar.

Wenn meine Mutter schweigt und tut, als sei ich Luft, ist sie enttäuscht. Und enttäuscht ist schlimmer als böse, das kannst du mir glauben.

Wenn sie einfach böse ist, geht das meistens schnell wieder vorbei. Krach mit meiner Mutter ist wie ein heftiger, aber kurzer Sturm. Mein Vater kennt sich da sehr gut aus.

»Du hattest dort nichts zu suchen, Kind«, sagt er, als ich ihn frage, ob meine Mutter noch lange so schweigsam sein wird.

»Pa, ich falle ganz bestimmt nicht von der Brücke! Übrigens, da sind doch auch andere Leute ...«

»Du hast dort andere Leute gesehen?«, fragt mein Vater. Er sieht mich prüfend an.

Ich zucke die Achseln und frage mich, ob die Männer, die ich von weitem gesehen habe, auch zählen. Vielleicht meint mein Vater eher, ob ich ganz in der Nähe von Leuten war, ob ich mit ihnen gesprochen oder sie sogar berührt habe.

Ich werfe einen flüchtigen Blick auf meinen Arm, auf dem sich Bills Fingernägel noch schwach abzeichnen.

»Und?«

»Autos«, sage ich.

»Autos«, wiederholt er.

Ich nicke.

»Mehr nicht?«

»Mehr nicht.«

Achtundzwanzig

Nach einer ganzen Nacht und einem halben Tag hat der Junge auf dem Sofa noch kein Wort zu uns gesagt.

»Sie fahren unser Haus kaputt und sind sich dann zu gut, den Mund mal aufzumachen«, wettert meine Mutter.

»Der Junge hat einen Schock«, sagt mein Vater. Er beugt sich über seine Stirn. »Es blutet immer noch!«

»Wir sollten einen Arzt kommen lassen«, findet meine Mutter.

»Nix Arzt«, sagt mein Vater. »Der legt auch nur ein Tuch drauf und will dafür jede Menge Geld haben.«

Dann sieht er mich an. »Das kannst du auch«, sagt er.

»Was?«

»Kümmere dich um die Wunde«, befiehlt mein Vater.

Ich schaue zu meiner Mutter, weil sie, die Superhausfrau, mir immer alle Arbeiten im Haushalt abnimmt. Noch nie im Leben habe ich einen einzigen Abwasch ganz allein machen dürfen.

Aber das hier ist anscheinend was anderes. Sie weicht meinem Blick aus und verschwindet in der Abstellkammer.

»Ich glaube nicht, dass wir Verbandszeug haben«, sage ich zu meinem Vater.

»Doch, haben wir. Im Schrank über dem Herd«, sagt er. Er schaltet den Fernseher ein und setzt sich in seinen Sessel.

Meine Mutter hat bis in die Abstellkammer gehört, dass er sich hingesetzt hat. Sie stellt sich in den Türrahmen, die Arme vor der Brust verschränkt. »Und wer macht das Loch in der Hauswand wieder zu?«, fragt sie.

»Ich, heute noch«, sagt mein Vater.

»Mach das jetzt gleich, Leo. Mutter sitzt im Zug.«

Wir haben Oma seit dem Unfall in die Küche gesetzt. Sie zittert viel weniger als in den Tagen davor, was meine Mutter zu der Überzeugung bringt, sie habe es – wie alle anderen Male auch – kommen sehen und mit ihrem Zittern deutlich machen wollen, dass etwas passieren wird.

Mein Vater hält das für Unsinn. So etwas kann nur Gott. Wenn sie uns wirklich hätte warnen wollen, hätte sie es genauso gut sagen können, findet er.

Während mein Vater im Schuppen Bretter und eine Plane für das Loch in der Hauswand holt, mache ich mich in der Küche auf die Suche nach Verbandszeug und Pflaster für den Jungen auf dem Sofa. Als ich alles gefunden habe, fülle ich eine Schüssel mit Wasser, nehme ein Handtuch und setze mich neben ihn.

Er liegt auf dem Rücken und starrt zur Decke. Seine Hände liegen gefaltet auf seinem Bauch. Die Wunde blutet nicht mehr, sieht jetzt aber ziemlich eklig aus, weil das Blut getrocknet ist und sich eine rotbraune Kruste gebildet hat.

»Ich werde deine Wunde kurz säubern«, sage ich so munter wie möglich, weil ich vermute, dass er das nicht so angenehm finden wird.

Der Junge reagiert nicht. Er scheint mich nicht mal zu hören. Vielleicht ist er ja taub.

»Tut's noch weh?«, frage ich, während ich das Handtuch in die Schüssel tauche.

Wieder nichts.

»Jetzt kurz die Zähne zusammenbeißen«, höre ich mich mütterlich sagen. Ich beuge mich etwas mehr über seinen Körper. Mit dem nassen Tuch in der Hand nähere ich mich seiner Stirn. Ich sehe, wie sich seine Augen zu schmalen Schlitzen verengen und er die Lippen zusammenpresst, einen Moment bevor ich das Handtuch vorsichtig auf seine Wunde lege.

Der Junge stöhnt und schiebt sein Becken ein wenig vor, wodurch sein Gürtel meinen Ellbogen berührt und ich das Tuch, ohne es zu wollen, fester auf die Wunde drücke.

»Au!«, ruft er.

Ich frage mich, ob er damit sein erstes Wort gesagt hat.

Vorsichtig nehme ich das Handtuch von seiner Stirn und sehe mir das Blut an, das daran klebt. Seine Wunde sieht schon ein wenig besser aus. Mit einer sauberen Ecke des Handtuchs wische ich ihm den Schweiß von der Stirn. Ich spüre an meiner Hüfte, die seine berührt, dass er sich entspannt.

»Ich muss aber noch ein Mal tupfen, ja?«, sage ich.

Er nickt.

»Kann ich?«, frage ich, in der Hoffnung, dass er vielleicht noch mal reagiert.

Er nickt wieder. Ich bin wirklich zu ihm durchgedrungen!

Weil ich so froh bin, drücke ich das Tuch auch diesmal ein wenig zu heftig auf seine Wunde.

»Au!«, ruft er wieder. Und greift nach meinem Handgelenk. Er schaut mir direkt in die Augen. »Tut weh«, flüstert er.

Ich bringe kein Wort raus, so erstaunt bin ich. Obwohl ich nicht weiß, ob das an seiner Berührung oder an seinen ersten echten Worten liegt.

»Sorry«, murmelt er und lässt mein Handgelenk los.

»Nein, nein, schon in Ordnung«, sage ich so lässig, wie ich kann.

Ohne ein weiteres Wort mache ich weiter. Es ist so still zwischen uns, dass ich sogar kurz daran denke, ihm absichtlich wehzutun. Aber ich mache es nicht.

»Das wär's«, sage ich, als ich ihm das letzte Pflaster auf die Stirn klebe. »Heute Abend bekommst du neue.«

Der Junge reagiert nicht. Seine Augen sind geschlossen. Vielleicht schläft er.

Ich halte ihm die Hand übers Gesicht, um zu fühlen, ob er noch atmet. Die Luft aus seinen Nasenlöchern ist kalt. Ich beuge mich vor und halte meine Wange darüber. So bleibe ich fast eine halbe Minute sitzen, die Augen zu und die Wange zwei Zentimeter über seiner Nase. Als würde ich lauschen, was er mir ins Ohr flüstert.

Einen Augenblick stelle ich mir vor, dass er das wirklich macht. Er flüstert etwas Nettes, weil ich ihn so gut gepflegt habe. Dass ich die hübscheste Krankenschwester bin, die er je gesehen hat, oder so was.

Neunundzwanzig Wir haben endlich herausgefunden, dass der Junge auf unserem Sofa Zack heißt und aus der Stadt kommt.

Als Nächstes versucht meine Mutter zu ergründen, was er hier wollte. Aber er sagt, dass er es nicht weiß.

»Vielleicht leidet er unter Gedächtnisverlust«, sage ich.

Mein Vater meint, dass das schon mal vorkommen kann, nach so einem harten Aufprall. »Wir müssen abwarten, bis er sich von dem Schock erholt hat«, sagt er. »Noch zwei, drei Tage Ruhe und er ist wieder der Alte.«

»Musst du niemanden benachrichtigen?«, fragt meine Mutter.

Zack schüttelt den Kopf, worauf wir einander ein wenig erstaunt ansehen.

»Aber ja«, drängt meine Mutter, »da muss doch jemand sein, dem du …«

»Mich vermisst niemand«, unterbricht Zack sie.

Wir wissen einen Moment nicht, was wir sagen sollen, sogar meine Mutter nicht.

»Ich tauche öfter mal ein paar Tage nicht zu Hause auf«, erklärt er, weil er an unseren Gesichtern sehen kann, wie seltsam wir es finden, dass es nicht einen einzigen Menschen geben soll, der ihn vermisst.

Zack hat zum ersten Mal, seit er hier im Haus ist, etwas gegessen. Einen Teller Tomatensuppe und ein Stück Brot.

Ich sitze neben ihm auf dem Sofa. An seinem Mund kleben Krümel, die er sich unter meinem Blick abwischt.

Mit zittrigen Fingern entferne ich den Verband von seinem Kopf. Er verzieht den Mund, als ich die Pflaster mit viel Mühe von seiner Haut löse. »Es muss wirklich sein«, sage ich. »Zweimal täglich ein frischer Verband.«

»Du warst auf dem Weg zur halben Brücke, oder?«, frage ich. Ich rede in einer Art und Weise, die ihm sofort Vertrauen einflößen müsste. So nach dem Motto: Mir kannst du alles erzählen, weißt du. Ein Augenzwinkern verkneife ich mir so gerade eben.

Aber er antwortet nicht.

»Hast du das echt vergessen?«, frage ich.

Jetzt nickt er.

»Das ist schlecht.« Ich lege ihm vorsichtig ein feuchtes Tuch auf die Stirn. »Die Wunde heilt bestimmt schnell«, sage ich.

Aber er reagiert wieder nicht. Langsam nervt mich das und deshalb ändere ich meine Taktik. »Vielleicht muss sie doch genäht werden.« Ich tue, als würde ich seine Wunde fachmännisch inspizieren. »Vielleicht kann sie auch geklebt werden. Das geht heutzutage auch. Mit einer Art Sekundenkleber wird die Haut wieder miteinander verbunden.«

»Du wirkst wie eine echte Krankenschwester«, sagt er plötzlich.

Verblüfft schaue ich ihn an. Ein vollständiger Satz!

»Wirklich«, sagt er, ein wenig verkrampft, weil er seine Beine gerade mit beiden Händen hochhebt und wieder hinlegt.

»Ich würde lieber operieren«, sage ich großspurig. »Menschen ein neues Herz einsetzen oder Segelohren anlegen, solche Sachen.«

»Ich habe gehört, dass Kleben nicht so wehtut wie Nähen«, sagt er.

Ich zucke die Achseln. »Nähen ist auch ein Klacks. Sieh mal.« Ich zeige ihm mein Knie. »Mit dem Mountainbike gestürzt.«

Ehe ich mich versehe, greift er nach meinem Knie, um sich die Narbe anzuschauen.

»Zwölf«, sagt er.

»Was?«

»Zwölf Stiche.«

Ich nicke. »Habe nichts davon gemerkt.«

»Trotzdem möchte ich lieber nicht unter die Steppmaschine gelegt werden«, sagt er.

Ich lache über seinen Scherz und dann sagen wir wieder eine Weile nichts.

»Weißt du, was so richtig wehtut?«, frage ich.

Er schüttelt den Kopf.

»Ein Piercing.«

»Wirklich?«

»Das kannst du mir glauben!«

»Hast du denn eins?«, fragt er. Er schaut mir prüfend ins Gesicht. Ich sehe, wie sein Blick flüchtig über meine Ohrmuschel und meine Nasenflügel gleitet.

»Sonst könnte ich ja wohl kaum wissen, wie weh das tut, oder?«, sage ich hochnäsig.

»Wow!«, macht er.

»Magst du Piercings?«, frage ich.

Er nickt.

»Willst du es sehen?«

Die Frage hat er nicht erwartet. Zum ersten Mal entdecke ich auf seinen Wangen sogar ein wenig Farbe. »Von mir aus«, sagt er.

»Unter einer Bedingung.«

»Und die ist?«

»Dass du mir erzählst, wohin du fahren wolltest.«

Zack seufzt und schlägt die Augen nieder. Sein Lächeln ist verschwunden.

»Hey, es ist meine Mutter, die alle verurteilt, die zur halben Brücke kommen, nicht ich! Mir kannst du's doch erzählen!«, sage ich locker. Und ich denke: Mit ein wenig Glück verrät er mir jetzt ganz genau, warum meine Mutter mir verbietet, dort hinzugehen.

Zack schüttelt den Kopf. »Glaub mir«, sagt er. »Ich weiß es wirklich nicht.«

Dreißig

Wenn meine Mutter Kartoffeln schält, schließt sie immer eine Wette mit sich ab. Sie muss es schaffen, die Schale von mindestens einer Kartoffel in einem Stück abzuschälen. Wenn sie es nicht schafft, ärgert sie das immer total.

Ich sitze ihr schon mindestens zehn Minuten am Küchentisch gegenüber. Sie hat schon vier Fehlversuche hinter sich und jedes Mal habe ich solidarisch mitgeflucht.

Nicht ein einziges Mal hat sie mir zugelächelt oder mir irgendwie zu verstehen gegeben, ihr sei bewusst, dass ich hier sitze.

»Bist du immer noch böse, Mam?«, frage ich schließlich.

»Ich bin nicht böse, Kind.« Während sie das sagt, reißt wieder eine Schale ab. »Ich bin enttäuscht«, sagt sie.

»Es tut mir leid«, flüstere ich. »Wirklich.«

Meine Mutter wirft eine nackte Kartoffel in eine Schüssel mit Wasser. Es spritzt bis auf meinen Arm.

»Es ist dort nichts geschehen«, sage ich.

»Darum geht es nicht!«, ruft sie. »Ich hatte es dir verboten!« Sie zeigt mit dem Kartoffelmesser auf mich. Meine Mutter geht wirklich leichtsinnig mit Messern um.

»Ich bin fünfzehn, Mam ...«, fange ich an. Ich will noch eine längere Erklärung hinzufügen. Dass ich doch alt genug bin, um einen Spaziergang zu der Stelle zu machen, an der ich seit meiner Geburt jeden Tag gewesen bin, Nacht hin oder her. Dass ich genug davon habe, von ihr wie ein Kind behandelt zu werden …

Aber meine Mutter kommt mir zuvor. »Dort treffen sich die falschen Leute«, sagt sie.

»Ich habe nicht mal jemanden gesehen«, lüge ich.

»Hast du wohl, dein Vater hat es mir erzählt.«

»Habe ich nicht! Ich habe nur parkende Autos gesehen.«

»Autos?«

»Ja. Und ab und zu jemanden in der Ferne. Das ist alles.«

»Gut«, sagt meine Mutter. Und schält. »Wenn dir nur klar ist, dass du da verdammt noch mal nichts zu suchen hast!«

Es scheint, dass ich mit dem Familienzug gesegnet bin, immer das letzte Wort haben zu wollen. Daher sage ich: »Da passieren bestimmt keine schlechten Dinge.«

Aber meine Mutter schält weiter, als hätte sie nichts gehört. Die hauchdünne Schale einer halben Kartoffel hängt in zerbrechlichen Ringeln bis auf die Tischplatte. Ich bin mir sicher, dass meine Mutter jetzt nicht aufschauen wird. Hat sie die Hälfte erst einmal geschafft, vermasselt sie es meistens nicht mehr.

»Die Leute fahren bloß dorthin, weil es an der halben

Brücke so unbeschreiblich schön ist«, sage ich. »Daran ist doch nichts verkehrt.«

Meine Mutter schält weiter. Aber statt auf die Kartoffel schaut sie nun auf einen Punkt zwischen mir und ihren Händen.

»Ich verstehe übrigens immer noch nicht, warum ich nicht ...«

»Verdammt noch mal!«, brüllt meine Mutter. Sie lässt die Kartoffel, die Schale und das Messer vor sich auf den Tisch fallen. »Hör endlich auf damit! Du bist genau so ein Sturkopf wie dein verdammter Großvater! Ich sage dir, dass du dort nichts zu suchen hast, und du hältst dich gefälligst dran!«

Ich stehe auf und stütze mich mit beiden Händen auf den Tisch. Mit schräg gelegtem Kopf schaue ich meine Mutter an und rufe: »Dann sag mir doch wenigstens, warum!«

»Das hat keinen Sinn«, antwortet sie. »Wir ziehen um. Wir mauern das Loch in der Wand zu und verkaufen das Haus an den Erstbesten, der etwas dafür zahlen möchte.«

Ich setze mich wieder. »Gehen wir wirklich fort?«, frage ich.

Meine Mutter nickt. Sie greift nach der Kartoffel und kontrolliert, ob die Schale noch heil ist. »Sobald hier alles repariert ist, sind wir weg«, sagt sie.

Einunddreißig

Seit meinem letzten nächtlichen Ausflug zur halben Brücke schläft meine Mutter bei offener Schlafzimmertür und das Licht im Flur muss immer anbleiben. Als ob ich noch einmal nachts aus dem Haus gehen würde!

Ich stehe im Flur gegenüber vom Elternschlafzimmer.

»Wo willst du hin?«, fragt meine Mutter.

»Was zu trinken holen«, flüstere ich.

Sie antwortet nicht gleich. Das heißt, dass sie erst nach einem Grund sucht, es mir zu verbieten.

»Bleib nicht zu lange unten«, sagt sie, weil ihr nichts anderes einfällt. Mäuschenstill schleiche ich an Zack auf dem Sofa vorbei. Er liegt auf dem Rücken. Sein gesundes Bein lugt unter der Bettdecke hervor.

Ich bleibe stehen und lausche seinen Atemzügen. Er schnarcht nicht, im Gegensatz zu meinem Vater. Er atmet nur etwas schwerer als tagsüber.

In der Küche gieße ich einen Minischluck Orangensaft in ein Glas und trinke es aus. Mehr als Beweis, etwas getrunken zu haben, als dass ich wirklich Durst gehabt hätte. Dann gehe ich durch die Abstellkammer in die Garage. Meine Mutter hat Zacks Jeansjacke in dem Schrank mit den Winterjacken verstaut. Sie hängt neben meinem roten Dufflecoat. Ich ziehe seine Jacke aus dem Schrank und taste alle Taschen ab. Nur in der Innentasche ist etwas.

Es ist, was ich gehofft hatte: sein Portemonnaie.

In einem durchsichtigen Fach steckt ein Foto von einem blassen Mädchen mit roten Haaren. Sie ist groß.

Sie lehnt an einem Baum und lacht auf Kommando.

Sie ist hübsch. Hübscher als ich. Aber ich glaube, Sue wäre sie zu mädchenhaft.

Ansonsten finde ich nur ein wenig Geld, einen Kassenzettel vom Supermarkt, eine Geldkarte, die Kundenkarte eines Herrenbekleidungsgeschäfts in der Stadt und zwei Kondome. *For better sex*, steht darauf.

Ich stecke alles wieder ordentlich in das Portemonnaie und schiebe es in seine Innentasche zurück.

Dann rieche ich an seiner Jacke. Sie riecht nach Weichspüler und der Wollkragen nach Rasierwasser. Ich drücke meine Nase hinein.

Zweiunddreißig Sue am Telefon. Ob ich noch böse bin.

»Ich bin nicht böse«, sage ich.

»Was denn dann?«

»Enttäuscht.«

»Dreyfuss' Schwanz ist ab«, sagt sie.

»Wieso?«

»Einfach so, er ist abgefallen.«

»Du fummelst zu viel an ihm herum«, sage ich. »Als Nächstes fällt ihm der Kopf ab.«

»Bist du eifersüchtig?«

»Ich bin nicht eifersüchtig auf so einen dämlichen Gecko«, sage ich.

»Kommst du mal wieder vorbei?«

»Ich kann nicht.«

»Warum?«

Ich denke: Weil du mich wegen nichts und wieder nichts zur Schnecke gemacht hast. Weil du danach so lange nichts von dir hast hören lassen. Und weil ich darum noch immer enttäuscht von dir bin. Und das wird noch eine Weile dauern. Darum!

Aber ich sage: »Weil ich zu tun habe.«

Sue lacht spöttisch. »Was kannst du denn wohl zu tun haben?«

Sue denkt, dass ich hier, am Ende der Welt (so nennt sie den Ort, an dem ich wohne), nichts anderes zu tun habe, als hoffnungsvoll auf ihren erlösenden Anruf zu warten.

»Benjamin ist hier«, sage ich.

»Wer?«

»Benjamin, ein Freund.«

Sue antwortet nicht. Aber ich kann ihren Atem hören. Oder ist das Dreyfuss, der auf ihrer Schulter alles mithört?

»Sue?«

»Ist er dein Freund?«

»Ganz normal, ein Freund eben«, sage ich.

»Woher kennst du ihn?«

»Er ist mit dem Auto in unser Haus gefahren«, sage ich. »Eigentlich habe ich ihn ein bisschen gerettet.«

Darüber muss Sue lachen. »Du bist ja verrückt.«

»Kennst du ihn von der halben Brücke?«, fragt sie.

Ich denke nach.

»Und?«

»Ja.«

Sue flucht. »Weißt du, du bist nicht nur verrückt. Du bist auch noch unglaublich dumm!« Und sie schmeißt den Hörer auf die Gabel.

Dreiunddreißig

Ich stehe halb nackt vor dem Kleiderschrankspiegel.

Ich mache meinen Ohrring ab und halte ihn gegen meine Brust, genau auf meine Brustwarze.

Aus der Küche habe ich mir ein Pflaster geholt. Ich schneide eines der beiden Klebeenden ab und klebe den Ohrring damit auf meine linke Brustwarze.

Dann ziehe ich mein engstes Top an, das neongrüne mit dem goldenen Drachen.

Durch den Stoff zeichnet sich der Ohrring ein wenig ab. Das Pflaster nicht, das habe ich gut angedrückt.

Mit etwas Abstand würde man schwören, es sei echt.

Vierunddreißig

Ich bin mit Zack und Oma allein zu Hause. Zack kann wieder aufrecht stehen, auf beiden Beinen. Er übt mit den Krücken meines Opas, die meine Mutter ihm aus sentimentalen Gründen (so nannte sie es selbst) erst nicht geben wollte.

Er hüpft zum Üben mit den Krücken vom Sofa zum Schrank, vom Schrank zum Sofa und wieder zurück.

Wie ein Schwimmer, der seine Bahnen zieht.

Ich sitze auf der Tischkante und schaue ihm zu. Als wäre ich sein Trainer oder so was.

»Soll ich den Verband wechseln?«, frage ich, als er die Strecke viermal zurückgelegt hat.

Er schüttelt den Kopf. »Das muss nicht jede Stunde sein, weißt du«, sagt er. Er klingt genervt, weil seine Beine ihm noch nicht so gehorchen, wie er es will. Ich schweige zwei Bahnen lang.

»Kennst du die halbe Brücke eigentlich?«, frage ich.

»Die was?«

»Die halbe Brücke.«

Er bewegt die Schultern ein wenig, woraus ich schlussfolgere, dass er keine Ahnung hat, wovon ich rede.

»Das ist die Brücke am Ende der Straße«, sage ich. Ich zeige sogar in die Richtung. »Ungefähr anderthalb Kilometer von hier entfernt. Es ist eine Sackgasse.«

Zack reagiert nicht.

»Na ja, es ist keine richtige Sackgasse. Die Brücke ist nur halb, man kann also nicht auf die andere Seite. Alles hört dort auf, sagt meine Mutter.«

»Oh«, sagt Zack. Mehr nicht.

»Weißt du, jetzt frage ich mich aber doch: Wenn du die halbe Brücke nicht kennst, was um Himmels willen wolltest du dann hier? Ich meine, wohin wolltest du? Diese Straße führt nur dorthin. Mir scheint also, dass du doch …«

Zack seufzt. »Das weiß ich nicht«, sagt er.

Weil er gerade Richtung Schrank unterwegs ist, kann ich an seinem Gesicht nicht ablesen, ob ihn die Frage irritiert. Deshalb sehe ich mir seinen Rücken an und die riesengroße Dreizehn, die auf seinem Sweatshirt prangt, was ich ganz passend finde.

»Vielleicht wolltest du Freunde besuchen«, sage ich. »Jeden Abend trifft sich dort eine ganze Clique. Sie machen an einem Lagerfeuer Musik und setzen sich zueinander in ihre Autos und so.« Ich nicke an seiner Stelle. »Ja, das wird's sein«, sage ich. »Wahrscheinlich gehörst du zu ihnen.«

Zack ist am Schrank angekommen, dreht sich um und schaut mich matt an. »Redest du eigentlich immer so viel?«

»Es fährt nicht jeden Tag ein Wildfremder in unser Haus«, sage ich.

Darüber muss er lachen.

»Soll ich aufhören dir unangenehme Fragen zu stellen?«

Zack zieht die Schultern hoch. »Welchen Sinn haben deine Fragen, wenn ich sie doch nicht beantworten kann?«, fragt er.

»Hast du selbst denn keine Fragen?«

Ich sehe, dass er nachdenkt. »Musst du nicht zur Schule oder so?«

»Ferien, du Schlaumeier«, sage ich.

»Ach ja«, sagt er. Und humpelt wieder weiter.

»Ich gehe übrigens nicht mehr zur Schule«, sage ich, weil ich Angst habe, dass das Gespräch jetzt zu Ende ist.

Zack antwortet nicht, aber er sieht mich doch an, als erwarte er eine nähere Erklärung.

»Ich arbeite bei meinem Vater auf der Baustelle.«

»Ach ja? Was macht dein Vater denn?«

»Das ist eine lange Geschichte. Willst du sie wirklich hören?«

Zack setzt sich aufs Sofa. »Warum nicht?«, sagt er. Er streckt sein Bein aus und presst die Luft durch die Zähne, weil es wehtut.

»Ich habe dir doch von der halben Brücke erzählt«, fange ich an.

Zack nickt.

»Also …«

Ich erzähle ihm die ganze Geschichte über meinen Opa, der hier fünfundvierzig Jahre lang Fährmann gewesen ist. Wie verbunden meine Familie mit diesem Ort ist. Von den wunderbaren Sommern am Anlegesteg und den Tausenden von Leuten, die mein Opa vom einen Ufer ans andere gebracht hat. Ich erzähle ihm von der Brücke, die gebaut werden sollte, und dass mein Opa gezwungen war in Rente zu gehen. Und schließlich erzähle ich ihm, dass die Bauarbeiten eingestellt wurden, weil die Uferbewohner in Streit miteinander gerieten.

Ich höre kurz auf zu reden und versuche an Zacks Gesicht zu erkennen, ob meine Geschichte ihn wirklich fesselt. Zum Glück sieht er mich noch immer an.

»Was ist?«, fragt er, weil ich nicht weitererzähle.

»Warm«, sagte ich und ziehe meinen Pulli aus.

Zack lächelt. Er schaut auf mein Top. Auf den goldenen Drachen oder vielleicht auf mein Piercing.

»Ist was?«, frage ich.

»Erzählst du mir endlich, welche Arbeit dein Vater macht?«, fragt er.

»Mein Vater hat mit einem Team die Bauarbeiten wieder aufgenommen«, sage ich. »Sie machen aus der halben Brücke eine ganze, so dass wieder mehr Leute an diese Seite des Ufers gelangen können, wie früher. Hier lässt sich kein Hund mehr blicken, seit es keine Fähre und keine Brücke mehr gibt. Darum ist hier alles so öde.

Als mein Opa starb, hat mein Vater versprochen alles dafür zu tun, damit dieser Ort wieder so toll wird, wie er einmal war.«

»Was ist mit deinem Opa geschehen?«, fragt Zack.

»Was ganz Schlimmes«, sage ich. »Er ist ermordet worden!«

»Im Ernst?« Zack schaut mich mit großen Augen an.

Ich nicke. Und denke: Er kennt mich eben nicht, wie Sue mich kennt. Sie hätte mir eine solche Lüge gleich angesehen.

»Wisst ihr, wer es getan hat?«, fragt er.

Ich schüttle den Kopf. »Die Ermittlungen laufen noch.«

»Gibt's eine Vermutung?«

»Ja, das schon. Es soll jemand mit einer Baseballkappe und einer Tätowierung gewesen sein«, sage ich. »Ein Herz mit einem durchgestrichenen Namen oder so was.«

Zack sitzt da und starrt schweigend vor sich hin. Ich glaube, meine Geschichte hat ihn mächtig beeindruckt.

»Wie still du plötzlich bist«, sage ich. »Kennst du so jemanden?«

»Was für jemanden?«, fragt Zack.

»Na ja, mit Baseballkappe und einer Tätowierung.«

»Nein, nein«, sagt er und lacht ein wenig nervös.

»Vielleicht einer deiner Freunde von der halben

Brücke«, sage ich. Ich versuche dabei so geheimnisvoll wie möglich zu schauen. »Ja, das ist es ... du bist mitschuldig!«, rufe ich. »Deshalb willst du nichts darüber sagen.«

Zack wird noch nervöser. »Hör doch auf!«, ruft er. »Was hast du bloß mit dieser halben Brücke?«

Ich zucke die Achseln. »Ich bin dort aufgewachsen«, sage ich. »Und mein Opa wurde dort ermordet. Weiter nichts.«

Wir schweigen eine Weile.

»Und jetzt erzähl doch mal, welche Arbeit du machst. Ich kann mir dich nicht so recht als Bauarbeiterin vorstellen«, sagt Zack. Er steht mühsam auf und nimmt seine Krücken.

»Ich arbeite im Büro. Ich sorge dafür, dass die Arbeiter ihren Lohn rechtzeitig bekommen.«

Zack sieht mich mit einem hinterhältigen Lächeln an. »Dann hast du bestimmt viele Fans auf dem Baugelände«, sagt er.

»Geht so.«

Plötzlich erscheint ein breites Grinsen auf seinem Gesicht. Mit dem Kinn macht er eine Bewegung in Richtung meiner Brüste. »Jetzt weiß ich, wo du eins hast«, sagt er frech.

»Was?«, frage ich naiv.

»Ein Piercing.«

»Oh«, mache ich. Und ich halte die Hand ein bisschen lächerlich vor meine linke Brust.

»Wissen deine Eltern das?«

»Nein. Mein Vater bringt mich um!«

»Ja, sehen sie das denn nicht?«, fragt er.

Ich schüttle den Kopf. »Nein«, sage ich. »Die starren mir ja nicht wie du die ganze Zeit auf den Busen.«

Fünfunddreißig »Sue, jetzt erklär mir mal, warum ich dumm bin!«

Ich stehe vor ihrer Haustür. Sie schaut mich an, als wäre ich ein außerirdisches Wesen. Sogar Dreyfuss auf ihrer Schulter starrt mich ganz komisch an.

»Du hast mich nicht erwartet, was?«, sage ich, schiebe sie samt des Kleinviechs zur Seite und gehe rein.

»Was erzählst du da?«, fragt Sue. Sie trottet hinter mir her ins Wohnzimmer.

»Das hast du doch am Telefon gesagt, dass ich nicht nur verrückt, sondern auch dumm bin!« Ich setze mich auf eins der beiden Sofas, schlage ein Bein über das andere und verschränke die Arme hoch über der Brust. »Ich bin ganz Ohr!«

»Oh, bist du zum Streiten hergekommen?«, fragt sie.

»Nein, ich möchte eine Erklärung«, sage ich. »Ich verstehe dich nämlich nicht so ganz, glaube ich.« Ich bin selbst ganz erstaunt über meine große Klappe. Vielleicht liegt es an Sues verschlissener Jogginghose und ihrem labberigen T-Shirt oder an ihrem noch nassen Haar, das schlapp neben dem Gecko ohne Schwanz auf ihren Schultern hängt, dass ich mich traue, so mit ihr zu sprechen.

Sie merkt, dass ich sie von Kopf bis Fuß mustere. Sie

streicht ihre Locken verlegen in eine Richtung und setzt sich auf die Couch mir gegenüber.

»Ich mache mir eben einfach Sorgen!«, sagt sie.

»Ha! Du machst dir Sorgen!«, sage ich. »Dafür ist meine Mutter zuständig, ist also nicht nötig.«

»Freundinnen können sich auch Sorgen umeinander machen«, sagt Sue. Und sieht mich triumphierend an. Sie weiß nur allzu gut, dass sie mich damit trifft, weil ich diejenige bin, die so große Stücke auf Freundschaft hält.

»Sagst du mir nun endlich, warum ich außer verrückt auch noch dumm sein soll?«

»Du bist mit den falschen Leuten zusammen«, sagt Sue.

»Das sagt meine Mutter auch«, antworte ich. Und ich bin froh, dass Sue nicht weiter darauf eingeht, denn dann müsste ich ihr erzählen, dass meine Mutter findet, ich sei zu viel mit ihr zusammen.

»Diese Typen an der halben Brücke ...«, sagt sie.

»Was ist mit den Typen an der halben Brücke?«

»Als ob du das nicht selber wüsstest!«

»Nein, weiß ich nicht!«

»Das kannst du mir nicht erzählen, dass du nicht weißt, was sich anderthalb Kilometer hinter eurem Haus so alles abspielt!«, ruft Sue.

Sie sieht mich an, als wäre ich eine richtig dumme Ziege.

Und so komme ich mir auch vor.

»Du hast selbst gesagt, dass du dorthin gehst«, sagt Sue. »Machst du dann die Augen zu oder was?«

»Du bist doch bloß eifersüchtig, weil ich noch andere Leute kenne!«, rufe ich.

»Unsinn! Ich will dich einfach beschützen!«, brüllt Sue. »Dein Benjamin ...«

Ich halte mir die Ohren zu. Presse die Lippen aufeinander, als könnte ich sie auch mit dem Mund hören. Ich schließe sogar die Augen.

Plötzlich spüre ich, wie Sue versucht mir die Hände von den Ohren zu ziehen. Aber ich wehre mich, genau wie so ein Stier im Vergnügungspark, dessen Hörner man zusammendrücken muss.

Sues Wörter schlüpfen in den halben Zentimeter breiten Spalt, den sie mühsam zwischen meinen Händen und meinen Ohren geschaffen hat: »Ich war dort!«, schreit sie. »Und weißt du, was ich gesehen habe ...«

»Hör auf!«, brülle ich.

Aber Sue denkt gar nicht daran. »Jämmerliche, geile Männer gehen dorthin, um Mädchen aufzugabeln! Und man kann dort Drogen kaufen!«, ruft sie. »Eigentlich kann man dort alles kaufen, was ekelhaft ist! Das ist an deiner halben Brücke los!«

Ich öffne die Augen und sehe Sue mit rotem Gesicht vor mir stehen. Auf ihren Wangen kleben Tränen. Aber das ist mir völlig egal. »Du kannst es einfach nicht vertragen, dass ich auch andere mag«, sage ich.

Sue lässt meine Handgelenke endlich los, sie verdreht die Augen und wirft die Arme in die Luft. »Es hat einfach keinen Zweck«, sagt sie, während sie rückwärts wieder zu ihrem Platz geht.

Ich sage: »Sue, der Schwanz eines Geckos fällt ab, wenn du zu viel an ihm herumfummelst, wenn du ihn zu fest anfasst.« Und während ich das sage, demonstriere ich mit meinen eigenen Händen an meinem eigenen Körper, was Herumfummeln und fest Anfassen ist.

Sue sieht mich verwundert an. Als spräche ich Russisch.

Aber ich mache einfach weiter. »Wenn du danach ein wenig sanfter mit ihm umgehst, wächst der Schwanz von allein wieder nach.« Ich stehe ganz gerade und schaue ihr tief in die Augen. »Langsam, aber sicher«, sage ich.

»Was soll das heißen?«, fragt sie.

Aber ich antworte nicht. Soll sie doch selbst rausfinden, was ich meine. Ich gehe in den Flur und ziehe die Haustür mit einem Knall hinter mir zu.

Sechsunddreißig

Ich stehe an der halben Brücke.

Es ist kein Mensch zu sehen, kein einziges Auto.

Zum ersten Mal fällt mir auf, in welchem Zustand das Gras ist. Platt gefahren, abgetreten, versengt von der stechenden Sonne über Tag.

Früher führte von hier aus ein kleiner Pfad zum Anlegesteg. Eine Reihe unregelmäßiger Holzbohlen, die mein Opa im Schuppen selbst zugesägt hatte. An beiden Seiten des Pfads hatte er Pfähle gesetzt, mit einem Loch in der Mitte, durch das er eine dicke Kordel gereiht hatte.

Das weiß ich alles von Fotos.

Plötzlich wird mir klar, dass ich mehr über früher weiß, als es mich noch gar nicht gab, als über das, was sich heute dort abspielt.

Ich gehe bis ans Ende der halben Brücke. Bis zu der Stelle, an der alles aufhört. Ich setze mich. Meine Beine baumeln über die Kante. Ich schließe die Augen, um zu sehen, wie schön es hier einmal war. Mit offenen Augen sehe ich nur das Heute, nichts Schönes mehr. Nicht hier. Nicht am anderen Ufer.

Dafür hat die Wahrheit gesorgt. Sues Wahrheit. Denn natürlich glaube ich ihr. Und wenn ich sie für eine noch so megagroße Ziege halte, ich glaube ihr.

Wenn ich die Augen öffne, sehe ich die Autos kreuz und quer durcheinander stehen.

Ich sehe Bill und Stanley und ihre gierigen Hände, ihre

Geiferaugen. Ich sehe die Männer, die durch die Autofenster spähen. Ich sehe, was sie sehen: Beine mit einem Kopf dazwischen. Ich sehe einen Mann mit Schweißperlen auf der Oberlippe, seine winkende Hand. Ich sehe Zack, meinen Benjamin, und die zwei Kondome in seinem Portemonnaie. *For better sex.* Seinen Blick auf meinen Brüsten.

Wenn ich die Augen wieder schließe, sehe ich meinen Opa in seinem Boot.

Ich höre meinen Vater sagen: Wenn Lester das wüsste.

Siebenunddreißig

»Oma, wie geht es dir?«

Ich sitze neben ihr in der Küche. Seit Tagen schon ist ihr fester Platz zwischen dem Kühlschrank und dem Warmwasserboiler. Sie schaut regungslos vor sich hin. Vielleicht starrt sie übers Wasser, zum anderen Ufer. Wie früher.

»Wie geht's, Oma?«

Sie reagiert nicht. Ihr Mund ist geöffnet. Das schon. Aber es kommt nichts heraus, nichts, was ich hören könnte.

Ab und zu fährt sie sich mit der Zunge über die Lippen. Ihre Lippen haben einen Zackenrand. Wie bei einem eleganten Brief. Vielleicht möchte sie, dass ich sie lese.

»Warte, ich hole dir was Leckeres«, sage ich.

Aus dem Kühlschrank nehme ich einen Becher Naturjoghurt.

»Hier.« Ich schiebe ihr einen halben Löffel Joghurt in den Mund. Er fällt träge auf ihre Zunge. Oma schluckt.

»Gut so«, sage ich.

Ich koste auch einen Happen. Es schmeckt nach nichts.

»Soll ich Zucker reinrühren, Oma?«, frage ich. Aus Gewohnheit, weil sie doch nie antwortet, schaue ich sie nicht mal an. Aber aus den Augenwinkeln sehe ich deutlich, dass sie den Kopf schüttelt.

»Hast du nun Nein gesagt, Oma?«

Sie reagiert nicht.

Ich will meine Frage gerade wiederholen. »Oma ...«, fange ich an. Doch dann überlege ich es mir anders. Ich sollte diese Gelegenheit besser nutzen. Also flüstere ich: »Weißt du, was an der halben Brücke passiert?«

Wieder bewegt sie den Kopf. Aber diesmal nickt sie. Ganz leicht nur, man könnte fast meinen, dass sie sich nicht gerührt hat. Aber ich bin mir sicher. Oma hat Ja gesagt! Das habe ich genau gesehen.

Ich nicke. »'türlich«, sage ich. »Du hast es immer gewusst. Und Opa wusste ...«

Aber ich sage nicht, was ich sagen wollte. Wenn Oma schweigt, warum sollte ich dann reden?

Ich schiebe ihr den zweiten Löffel Joghurt in den Mund. Dabei schaue ich durch die offene Küchentür zu Zack, der auf dem Sofa schläft. Seit ich von Sue zurück bin, war ich noch keinen Moment in seiner Nähe. Und wenn ich ihn ansehe, dann nur heimlich. Er liegt verdammt noch mal unter meinem Garfieldbettbezug! Allein schon beim Gedanken daran ekle ich mich. Zum Glück lässt mich der dicke rote Kater schon lange kalt.

Ich schaue auf die Stelle der Decke, unter der sein verletztes Bein liegt. Das Bein, von dem ich mir inzwischen gar nicht mehr so sicher bin, dass es tatsächlich nicht in Ordnung ist. Ab jetzt ist mir alles an ihm suspekt. Vielleicht schläft er nicht mal wirklich.

Dann bemerke ich es: Er sieht mich an. Seine Augen sind offen und schauen direkt in meine.

Schnell gucke ich weg, zu dem Löffel, der schon viel zu lange in Omas Mund steckt. Genau in dem Moment, wo mir das klar wird, fängt Oma an zu husten, weil ich mit dem Löffel gegen die Unterseite ihrer Zunge gekommen bin.

Sie hustet immer weiter. Ich reibe ihr den Rücken, obwohl ich lieber draufschlagen würde, aber das traue ich mich nicht.

»Verdammt!«, fluche ich.

Oma sitzt vornübergebeugt in ihrem Stuhl. Sie hustet und schnappt zwischendurch nach Luft. Ihr Gesicht ist knallrot.

Ich bin zu sehr in Panik, um etwas Nützliches zu tun, und starre sie an, die Hände vor den Mund geschlagen.

Plötzlich steht Zack mit einem Glas Wasser neben ihr. Wie eine Art Superheld. Er setzt Oma aufrecht hin und gießt ihr einen Schluck Wasser in den Mund. Im Nu schnappt sie nur noch nach Luft.

»Es wird wieder gut«, flüstert Zack ihr zu und streichelt ihren Rücken.

Dann sieht er mich an.

Ich wende mich ab, weil ich mich für meine Hilflosigkeit schäme.

Aber auch, weil ich dankbar sein müsste und das einfach nicht kann.

»Dabei dachte ich, du wärst so eine gute Krankenschwester«, sagt er mit einem spöttischem Zug um den Mund.

Das finde ich eine so blöde Bemerkung, dass ich sofort aufhöre mich zu schämen.

»Du kannst plötzlich aber ganz schön viel mit deinem kaputten Bein!«, schnauze ich.

Achtunddreißig

Als meine Eltern nach Hause kommen, erwähne ich den Vorfall mit Oma mit keiner Silbe.

Zack auch nicht.

Meine Mutter, mein Vater und ich sitzen am Tisch.

Oma sitzt in ihrem Stuhl zwischen dem Kühlschrank und dem Warmwasserboiler. Zack sitzt auf dem Sofa und sieht fern. Wenn ich ihn mir von hier aus ansehe und die Wirklichkeit ausblende, könnte er glatt zu uns gehören. Er könnte mein älterer Bruder sein oder mein Freund.

Ich versuche mir einzubilden, er säße bei uns am Tisch, zwischen meiner Mutter und mir.

Wir essen Brote. Auf dem Tisch stehen Salat und Käse und Schinken.

»Benjamin, könntest du mir mal die Butter geben?«, fragt mein Vater. Er hält das Messer schon im Anschlag, um eine festliche Butterlocke zu produzieren.

Benjamin reicht ihm die Butter und zwinkert mir dabei kurz zu. Ich sehe, dass meine Mutter erst zu ihm schaut und dann zu mir. Sie lächelt gerührt, weil sie uns so süß findet.

Mein Vater spricht mit ihm über die Arbeit, die heute gemacht wurde, und über neue große Pläne, die er mit der Brücke und den beiden Ufern hat.

Ich rede mit meiner Mutter über unsere bevorstehende Hochzeit. Oder über ein wunderschönes Paar Schuhe.

Ich schrecke aus meinen Gedanken, weil Oma in der Küche hustet, und prüfe, ob meine Mutter nicht argwöhnisch in ihre Richtung guckt. Als ich sehe, dass sie einfach weiterisst, werfe ich Zack einen schnellen Blick zu. Er schaut zurück und lächelt verschwörerisch. Das ist unser Geheimnis, sagen seine Augen. Sofort tut es mir leid, dass ich ihn angesehen habe.

»Morgen fahren dein Vater und ich in die Stadt«, sagt meine Mutter. »Wir sehen uns ein Heim für Oma an.«

»Ich komme mit«, sage ich gleich.

Meine Mutter schüttelt den Kopf. »Tante Britt und Onkel Dylan bringen uns. Das Auto ist voll. Außerdem muss jemand auf Oma aufpassen.«

Ich denke: Wenn Zack mich jetzt nur nicht verrät und erzählt, dass ich Oma gerade fast umgebracht hätte. Aber er verrät mich nicht.

Als wir mit dem Essen fertig sind, überlegt mein Vater mit Zack, wie sie sein Auto am besten wieder in Gang kriegen und welche Versicherungspapiere noch ausgefüllt werden müssen.

Meine Mutter räumt den Tisch ab und ich warte auf ein Wunder, durch das ich morgen nicht allein mit Zack und Oma zu Hause bin.

Neununddreißig

Meine Eltern sind weg.

»Was ist los mit dir?«, fragt Zack, nachdem ich anderthalb Stunden in meinem Zimmer gesessen und ihm anschließend auf der Veranda, im Garten und in der Küche den Rücken zugekehrt habe.

Ich zucke mit den Schultern.

Er schnüffelt unter seinen Achseln. »Stinke ich?«, fragt er.

Obwohl ich das ziemlich witzig finde, lache ich nicht. Ich finde ihn nicht witzig.

»Morgen bin ich weg«, sagt er.

Das wurde aber auch Zeit, denke ich. Aber ich sage es natürlich nicht.

»Zurück zu deiner Freundin.« Das rutscht mir einfach so raus.

Zack antwortet nicht. Er geht vom Sofa zum Fenster, als wolle er vor einer weiteren treffenden Bemerkung flüchten. Er schaut nach draußen. Ich merke an seiner Körperhaltung, dass er sich fragt, ob ich noch da bin.

»Sie wird bestimmt froh sein«, sage ich mit einem Grinsen, das er sogar mit dem Rücken zu mir noch sehen kann.

Wieder keine Reaktion.

»Oder bist du vielleicht verheiratet?« Ich fühle mich wie eine Spinne, die eine Fliege in die Enge getrieben hat.

Aber statt Blut werde ich die Wahrheit aus ihm heraussaugen.

»O ja, natürlich, wie konnte ich das vergessen«, sage ich ironisch. »Du hast ja dein Gedächtnis verloren.«

Zack schaut immer noch nach draußen.

»Warum bist du so?«, höre ich ihn fragen.

»Ich will, dass du zugibst, dass du zur halben Brücke unterwegs warst«, sage ich nach einer Weile.

Aber Zack rührt sich nicht. Sein Schweigen macht mich noch verrückt!

»Gut«, sage ich. Und ich atme tief ein, um meine Lungen mit Luft zu füllen, die als Wörterstrom wieder aus mir herauskommen wird. »Wenn du es nicht mehr weißt, werde ich es dir sagen. Du bist dorthin gefahren, um …«

Zack dreht sich ruckartig zu mir um.

Dumme Gans, denke ich sofort. Warum hältst du nicht deine große Klappe! Gleich drückt er dir die Kehle zu. Dazu sind solche Männer nämlich fähig.

»Um was?«, ruft er. »Was genau wollte ich da machen, he?«

Er sieht mich an, als würde er tatsächlich eine Antwort erwarten. Und gerade das macht mich sprachlos. Ich merke, dass er Tränen runterschluckt und ihm das nur halb gelingt. Sein Gesicht läuft rot an.

Ich frage mich, ob das, was ich hier tue, wirklich richtig ist.

Ich spüre, dass er mir etwas erzählen wird, das genauso wahr ist wie Sues Wahrheit.

Trotzdem mache ich weiter. Weil ich immer versuche meinen Willen durchzusetzen, wie die gesamte Familie meiner Mutter. »Dieser Gedächtnisverlust passt dir wohl ganz gut, was?«, sage ich. »Aber glaub bloß nicht, dass wir dumm sind. Wir wissen, was dort drüben abgeht! Meine Mutter weiß es, Sue weiß es, mein Vater, sogar meine Oma!«

Und ich denke: Nur ich wusste es nicht ...

»Gut«, höre ich Zack sagen. Er nickt kurz. »Gut«, sagt er noch einmal. Er setzt sich aufs Sofa und klemmt die Hände zwischen die Knie.

Ich bin erleichtert, weil ich wohl doch nicht so falsch lag.

Zack nickt wieder, als könne er meine Erleichterung sehen und wolle sie unterstreichen.

»Du hast mich durchschaut«, sagt er verkrampft.

Während er das zugibt und dann wieder eine lange Stille folgen lässt, habe ich Zeit, ihn mir anzusehen.

Gleichzeitig versuche ich mir die Gesichter von Bill und Stanley vorzustellen. Das gelingt mir, wenngleich es auch nur Schemen sind. Aber ich erinnere mich noch gut an ihre Augen. Ich habe etwas mit Augen. Die von Stanley und Bill schauten ganz anders drein als Zacks. Wie ist es bloß möglich, dass er zu ihnen gehört?, frage ich mich. Zack, mit den Pflastern auf der Stirn, den sanften Augen und dem freundlichen Mund. Er könnte ohne weiteres mein Benjamin sein.

»Ich habe wirklich nur so getan, als hätte mich mein Gedächtnis im Stich gelassen«, höre ich ihn sagen.

Aber ich bin viel zu sehr mit meinen eigenen Gedanken beschäftigt, um seine Worte zu begreifen. Vielleicht war es sein erstes Mal, denke ich. Vielleicht hatte er von diesem Ort gehört und wollte ihn einfach mit eigenen Augen sehen. Er hatte gar nichts Bestimmtes vor und wäre weggerannt, sobald er gesehen hätte, was dort geschieht.

Scheinbar gehen Zacks Gedanken in die gleiche Richtung.

»Ich hatte schon von dieser Stelle gehört. Der Brücke«, sagt er.

Ich nicke. Aber das kann Zack nicht sehen. Seine Augen fixieren den Fußboden. Er schämt sich natürlich zu Tode.

»Ich wusste nicht mehr, wie es weitergehen sollte«, sagt er leise.

»Deine Beziehung?«, frage ich, weil ich an das Foto in seinem Portemonnaie denke.

Er nickt.

»Und dann machst du so was?« Ich sehe ihn missbilligend an und schüttle heftig den Kopf.

»Jahrelang hat meine Freundin mich betrogen«, sagt er mit einem Kloß im Hals.

Ich sehe, wie er die Fäuste ballt.

»Aber so was ist doch keine Lösung!«, sage ich.

Er schüttelt den Kopf. »Weiß ich«, flüstert er. »Ich bin ja auch so froh, dass ich doch nicht ins Wasser gefahren bin.«

Als ich den Mund öffne, um ihn abzukanzeln, wird mir klar, was er da gerade gesagt hat. Ich wiederhole es noch mal in meinem Kopf: *froh, dass ich doch nicht ins Wasser gefahren bin …*

»Ins Wasser?«, frage ich.

Zack schaut auf und nickt.

»Meinst du …«

»Ja«, sagt er. »Ich wollte …« Er vergräbt das Gesicht in den Händen.

»Lass nur«, sage ich. »Ich …« Mehr bringe ich nicht raus. Ich könnte mich umbringen!

In dem Moment, in dem Zack die Hände wieder runternimmt, hustet meine Oma.

Wie froh ich darüber bin! Als wüsste sie, in was für einer brenzligen Lage ich bin, und käme mir zu Hilfe.

»Oma …«, sage ich zu Zack. »Ich sehe wohl besser kurz nach ihr.«

»Ja, klar«, sagt er.

Als ich schon fast in der Küche bin, ruft er mir hinterher: »Sag nur Bescheid, wenn ich sie wieder mal retten muss.«

Ich drehe mich um und sehe, dass er lächelt.

»Sehr witzig!«

Vierzig

Zum ersten Mal, seit Sue und ich ständig Krach haben, bin ich froh, dass sie anruft, und sei es nur, weil es mich von Zack und meinen dummen Beschuldigungen ablenkt.

Ich könnte mich wirklich selbst ohrfeigen. Was für eine Blamage! Ich traue mich kaum noch Zack unter die Augen zu treten. Dabei versucht er gerade meine Aufmerksamkeit auf sich zu ziehen. Er lacht freundlich, wenn ich an ihm vorbeigehe. Heute Morgen fragte er, ob ich nicht seinen Verband wechseln wolle, dabei hat er das inzwischen doch schon zweimal selbst gemacht.

Ich vermute, er kann mir ansehen, dass ich mich vor ihm schäme, und will mir zu verstehen geben, das sei gar nicht nötig.

»Ich würde gern mit dir über den Gecko reden«, sagt Sue.

»Sue, ich bin nicht so ein Tierfreund«, sage ich.

»Aber ich würde gern über Geckos und Schwänze reden«, sagt sie.

Ich denke: Sie ist verrückt geworden.

»Ich habe nachgedacht«, sagt sie. Und: »Kommst du bitte bei mir vorbei?«

Sues Mutter lässt mich rein.

Sue sitzt am Kopfende ihres Bettes, ein Kissen auf dem Schoß. Dreyfuss ist nirgendwo zu sehen.

Ich setze mich ans Fußende, mit angezogenen Beinen, genau wie sie. Ich suche auch etwas, das ich an mich drücken kann. Und nehme ihren Teddy.

Wie Spiegelbilder sitzen wir einander gegenüber.

Erst sagen wir eine Weile nichts. Ich finde, dass sie den Anfang machen muss. Sie hat mich schließlich hergebeten.

»Ich habe nachgedacht«, sagt sie endlich.

Ich reagiere nicht, weil ich das schon wusste.

»Was du gesagt hast, über den Schwanz des Geckos«, fährt sie fort. Und sie wartet kurz, während sie mich eindringlich ansieht.

Ich weiß nicht, wie ich mich verhalten soll, und ziehe ein wenig an Teddys Ohr.

»Der Gecko bist du und der Schwanz ist die Freundschaft«, sagt Sue. »Wenn ich zu sehr an dir herumfummele, geht die Freundschaft verloren. Oder?«

Ich nicke.

»Der Schwanz also«, sagt sie. »Das ist es, ja? Das wolltest du mir klarmachen!« Und sie sieht mich triumphierend an, als hätte sie gerade das Rätsel des Jahrhunderts gelöst. »Ich muss dir einfach ein wenig mehr Raum geben«, sagt Sue. »Wenn ich das mache, wächst der Schwanz ganz von allein wieder nach!«

Ich nicke. Ich finde es unglaublich, dass Sue meine Botschaft begriffen hat.

»Du bist so lieb!« Ich werfe den Bären von mir und krieche zu ihr rüber, um ihr einen Kuss zu geben.

Aber dann macht Sue, was ich nie für möglich gehalten hätte: Sie wehrt mich ab. Mit ihrem Kissen hält sie mich auf Distanz und schüttelt den Kopf.

»Warte«, sagt sie. »Ich bin noch nicht fertig.«

Ich setze mich zurück an meinen alten Platz und ziehe die Knie an. Den Bären lasse ich auf dem Teppich liegen.

»Weißt du«, fängt Sue an. »Ich benehme mich so, weil ich nicht ertragen kann, wenn ...« Sie drückt den Kopf in ihr Kissen.

»Wenn ich mit anderen zusammen bin«, sage ich, um ihr zu helfen.

Sue nickt.

»Na ja, das ist doch typisch für Freundinnen, oder?« Ich fege das Problem mit einer Handbewegung weg.

»Nein«, sagt Sue. Sie sieht mich mit schräg gelegtem Kopf an. Ihr Blick wird weich.

Ich fühle, dass sie jetzt etwas sehr Wichtiges sagen wird.

»Schon vier Jahre lang bin ich unglaublich verliebt in dich«, sagt sie. »Schon vier Jahre lang kann ich nicht essen und nicht schlafen. Wegen dir.« Sie schaut mich an und lacht.

»Mich hat's echt ganz furchtbar erwischt«, sagt sie.

Sprachlos sehe ich sie an. Weißt du, natürlich war mir klar, dass Sue lesbisch ist und mit ihrer Hand in meiner Unterhose rumspielen will und so, aber erst jetzt, wo sie es ausgesprochen hat, begreife ich, dass sie in mich verliebt ist. Unglaublich verliebt.

»Und was nun?«, frage ich, weil mir nichts Besseres einfällt.

Sue zuckt die Achseln und seufzt. »Glaubst du, wir können auf diese Weise Freundinnen bleiben?«, fragt sie.

»Wie meinst du ›auf diese Weise‹?«

»Ich glaube nicht, dass ich noch einfach deine Freundin sein kann«, sagt Sue. »Ich will zu viel von dir. Verstehst du das? Du bist nicht lesbisch.«

»Das weiß ich nicht«, unterbreche ich sie.

»Was weißt du nicht?«

»Ob ich nicht ... genau wie du ...« Ich kriege es nicht raus.

»Ob du verliebt bist?«, fragt Sue vorsichtig.

Ich nicke.

»Aber ...«

»Ich weiß es wirklich nicht«, sage ich. »Das Problem ist, dass ich es bei Jungen auch nicht weiß.« Ich traue mich kaum sie anzusehen.

Sues Gesicht verlangt eine nähere Erklärung.

»Weil ich noch nie mit einem Jungen zusammen war.«

Sues Gesicht will noch mehr Erklärungen. Aber dieses

Mal kommt ihr Mund ihr zu Hilfe. »Und was ist mit Benjamin?«

Ich schüttle den Kopf. »Ich habe nichts mit ihm.«

Sue lächelt. Als wäre sie froh über meine Lüge.

Ich erzähle ihr die ganze Geschichte. Wie er in unser Haus gefahren ist und nun schon seit Tagen bei uns auf dem Sofa liegt, um sich zu erholen. Ich erzähle ihr, dass ich ihn erst gern mochte und dann eklig fand, weil ich ja von ihr erfahren hab, was an der halben Brücke wirklich passiert, und dass die Straße, an der wir wohnen, nur dorthin führt, dass man also dorthin unterwegs sein muss, wenn man in unser Haus fährt. Und ich erzähle, dass ich ihn jetzt wieder mag, weil er doch kein ekliger geiler Bock ist, dass er sich umbringen wollte, weil seine Freundin ihn betrogen hat. Ich erzähle ihr, dass Benjamin eigentlich Zack heißt, aber dass mir Namen mit B am besten gefallen.

Sue ist in Gedanken versunken.

Ich frage mich, welcher Teil meiner Geschichte sie so nachdenklich stimmt. Sie gibt mir die Antwort selbst.

»Aber du magst ihn schon gern«, sagt sie. Ich nicke, denn das stimmt. Ich mag Zack gern.

Und dann fängt Sue mit den schwierigen Fragen an. »Magst du ihn gern, so wie du mich gern magst?«

»Nein«, sage ich. »Dich kenne ich eine Million Mal länger.«

»Also magst du mich eine Million Mal lieber?« Sie wartet nicht auf meine Antwort, sondern wirft das Kissen in die Luft und kriecht auf allen vieren zu mir. Dann schaut sie mich mit Katzenaugen an und küsst mich voll auf den Mund. Sie drückt mich zurück und zwängt ihre Zunge zwischen meine Zähne.

Ich spüre ihre Finger unter meinem T-Shirt, in der Nähe meines Nabels. Und denke: Sue ist wieder die Alte.

Aber ich gebe ihr nicht die Chance, weiter zu gehen. Nicht nach unten, aber auch nicht nach oben.

»Hör mal zu, Sue«, sage ich. »Wir sollten es uns nicht schwerer machen, als es ist.«

»So was haben wir früher aber doch auch schon getan«, sagt sie.

Und obwohl ich weiß, dass sie Recht hat, sage ich: »Ja, aber ich glaube, dass es damals anders war.«

Sue nickt, versucht aber trotzdem mir noch einen Kuss abzuringen.

Doch ich schüttle den Kopf. »Ich mag dich supergern, Sue. Aber gib mir bitte die Chance, herauszufinden, ob ich das wirklich möchte.«

»Mit Mädchen?«, fragt Sue.

Ich nicke und sage: »Mit dir.«

Sue strahlt übers ganze Gesicht. »Cool«, sagt sie.

Einundvierzig

»Aber wie denn?«, fragt Sue.

»Was?«

»Wie willst du feststellen, ob du auf Mädchen stehst? Die Schwester von dem Freund meiner Mutter wusste es erst, als sie drei Kinder hatte. Und zwar mit einem Mann!«

»Ja, das hatte ich schon begriffen«, antworte ich.

»Ich weiß es, seit ich sechs bin«, sagt Sue.

»Sechs?« Ich muss lachen. »Aber hast du denn noch nie mit einem Jungen ...«

»Nie!«, sagt Sue und verzieht das Gesicht, als hätte jemand einen Furz gelassen oder so.

»Aber dann wirst du nie wissen, ob du es mit einem Jungen vielleicht schöner findest als mit ...«

»Dir!«, ruft sie. Und kichert.

»Nein, im Ernst«, sagt sie dann. »Ich brauche bestimmt keinen Jungen, um mir sicher zu sein, dass ich lesbisch bin. Und das wird sich niemals ändern.«

»Tja, ich schon«, sage ich.

»Okay, dann brauchst du eben sehr dringend einen Jungen«, beschließt Sue. Sie klettert vom Bett.

Ich schaue sie mit einem Blick an, der ungefähr sagen soll: Ja, die liegen ja auch auf dem Präsentierteller. Ich denke an die Worte meiner Mutter. Dass ich aus dieser toten Gegend wegmuss, um nicht auf der Straße zu enden.

»Wo ich wohne, gibt es nur drogenabhängige, geile Böcke«, sage ich.

Sue sieht mich mit großen Augen an. Erst denke ich, dass es an meiner derben Sprache liegt. Aber Sue schaut mich noch immer an. Ganz lange. Dann lacht sie geheimnisvoll. »Es sind doch nicht allesamt drogenabhängige, geile Böcke, oder?«

Mein Gesicht verrät, dass ich da ganz anders drüber denke. Ich denke nämlich an Bill und Stanley und an den Typen mit dem Schweiß auf der Oberlippe und …

»Das hast du selbst gesagt!«, erinnert Sue mich.

Ich begreife noch immer nicht so recht, worauf sie hinauswill.

»Benjamin«, sagt sie. »Na ja, Zack eben.«

»Was ist mit ihm?«

»Verführe ihn«, sagt Sue.

Zweiundvierzig Heute müssen meine Eltern mit Oma zu einem Pflegeheim in der Stadt. Sie sollen Oma kurz *zeigen*.

Meine Mutter tobt. »Als würden wir einen Hund verkaufen«, sagt sie zu meinem Vater. »Als würden wir ein störrisches Tier abgeben!«

Mein Vater schweigt. Er hat irgendwann mal gesagt, dass wir mit Oma noch viel mehr Arbeit haben als mit einem Hund. Der kratzt wenigstens an der Tür, wenn er kacken muss, hat er gesagt.

»Es ist doch logisch, dass sie erst sehen wollen, in welchem Zustand sie ist«, sagt er vorsichtig.

»Noch schöner!«, brüllt meine Mutter. »In welchem Zustand sie ist! Als würden wir ein Auto verkaufen!«

Meine Mutter sieht aus, als könne sie sich nicht entscheiden, was sie machen soll: meinem Vater eine Ohrfeige verpassen oder herzzerreißend weinen.

Ich schaue zu Oma in der Küche. Sie wirkt leblos. Sie zittert nicht mal mehr und sie schaukelt auch nicht hin und her. Schon lange nicht mehr.

Ich stelle mir vor, dass eine Fliege auf ihrer Nase landet. Dass Oma plötzlich aufschaut und die Fliege mit der Zunge fängt und verputzt. Wie ein Chamäleon.

»Habt ihr gesehen, wie schnell ich noch bin?«, sagt sie. Und sie lacht, weil sie uns hereingelegt hat.

Meine Mutter hat sich fürs Weinen entschieden.

Dreiundvierzig

Nach dem Mittagessen sind sie weg.

Ich sitze auf der Veranda, obwohl das um diese Tageszeit der heißeste Platz ist. Die Sonne brennt beinahe Löcher ins Wellblech. Kein Lüftchen regt sich.

Ich kann nur an eines denken: Verführe ihn!

Zack ist im Haus und sucht seine Sachen zusammen. Es sind nicht viele, aber er braucht lange dafür.

Sein Auto fährt wieder und sein Bein ist fast wieder in Ordnung. Außerdem findet meine Mutter, dass es langsam reicht.

»Er ist am längsten von allen geblieben«, sagt sie.

Verführe ihn ...

Ich habe das T-Shirt mit den Lippen angezogen. Mein Ohrring klebt unter einem Pflaster auf meiner Brustwarze. Ich trage meinen Minirock und habe mir die Augen mit schwarzem Kajal umrandet.

»Du hast doch nichts zu verlieren«, hat Sue gesagt. Aber ich habe geantwortet, sie sei verrückt. Dass es nicht ehrlich ist, mit Gefühlen zu spielen. Weder mit meinen noch mit seinen.

»Wenn du nicht aufhörst, so zu denken, weißt du in hundert Jahren noch immer nicht, was du nun eigentlich willst. Und ich warte nicht ewig«, sagte Sue.

»Und was, wenn ich mich wirklich in ihn verliebe und er sich in mich?«, fragte ich. An Sues Gesicht konnte ich sehen, dass sie damit nicht gerechnet hatte.

»Das ist gegen die Vereinbarung«, sagte sie. »Du verführst ihn und schaust, ob es dir gefällt. Das ist alles.« Sie tastete unter ihr Bett und holte Dreyfuss hervor. Sie küsste seine Nase.

Wahrscheinlich hatte er die ganze Zeit dort gesessen, für den Fall, dass das Gespräch eine falsche Wendung genommen hätte und er für Ablenkung hätte sorgen müssen.

Von der Veranda aus kann ich Zack ungesehen beobachten. Er stopft Sachen in eine Tasche, die auf dem Boden steht. Er beugt sich vor und tastet nach seiner Stirn. Eines der Pflaster hat sich gelöst.

Zack trägt die Bermudashorts meines Vaters. Im Haus sind es mindestens dreißig Grad.

Er geht barfuß. Er hat wenig Brusthaare und ein Muttermal auf dem Rücken.

Verführe ihn, sagt Sue in meinem Kopf.

Eigentlich ist er zu mager, fällt mir plötzlich auf. Seine Beine sind dünn und an seiner linken Wade verläuft eine blaue Ader.

Verführe ihn!

Er hat sich seit Tagen nicht mehr rasiert, wodurch er älter aussieht, als er ist. Zu alt, eigentlich. Ich bin erst fünfzehn und …

Verführe ihn!

»Dein Pflaster fällt gleich ab«, sage ich.

Zack erschrickt, weil ich auf einmal neben ihm stehe. Und vielleicht noch mehr, weil ich ihn während der letzten Stunden völlig ignoriert habe.

»Oh«, sagt er. Er berührt kurz das Pflaster. »Ich klebe gleich ein neues drauf.«

»Das kann ich doch machen«, sage ich und ziehe einen Schmollmund. »Ist schließlich das allerletzte Mal, dass ich noch was für dich tun kann.«

Einen Moment scheint er zu zögern. Aber dann setzt er sich doch auf die Kante des Couchtisches.

Mit einem Ruck ziehe ich das Pflaster, das noch ganz gut klebt, von seiner Stirn.

»Au!«, ruft er. Und betastet seinen Kopf.

Ich lege meine Hand auf seine und schiebe sie weg, um mir die Wunde ansehen zu können.

»Tut mir leid«, sage ich.

»Macht nichts«, sagt er mit einem verkniffenen Lächeln um den Mund.

Wenn du seine Hand weggeschoben hast, schaust du ihm tief in die Augen, während du vorsichtig auf seine Wunde bläst. Ganz langsam, den Mund nah an seiner Haut.

Zack lächelt. »Tut gut, bei dieser Hitze.« Er wischt sich ein wenig Schweiß und meinen Atem von der Stirn.

»O ja?«, frage ich. Mit geschlossenen Augen setze ich mich ganz dicht neben ihn. »Mach du mal«, sage ich.

Ein paar Sekunden macht Zack gar nichts. Ich sehe seine fragenden Augen geradezu vor mir. Dann bläst er. Länger als ich.

»Schön«, sage ich.

Als er aufgehört hat zu blasen, halte ich die Augen noch eine Weile geschlossen.

Blinzele durch die Wimpern, guck, was er macht …

Durch den Spalt zwischen meinen Wimpern sehe ich, dass Zack mein Gesicht betrachtet. Ich denke: Entweder wartet er einfach darauf, dass ich die Augen wieder aufmache, oder er bewundert mich.

Er bewundert dich. Lass die Augen noch ein wenig zu und warte ab, was er macht.

Als ich kurz vorm Aufgeben bin, bläst Zack mir feste ins Gesicht. Auf meiner Wange landet ein wenig Speichel. Wie kleine Kinder kriegen wir uns nicht mehr ein vor Lachen.

»Witzbold«, sagt Zack.

Sag ihm, dass du ihn noch witziger findest …

»Ich mag dich«, höre ich mich selbst sagen.

Zacks Lachen erstirbt.

Ich denke: Jetzt habe ich es vermasselt!

Er wird rot und beißt sich auf die Unterlippe, als würde er versuchen ein Lächeln zu unterdrücken. »Das ist lieb, dass du das sagst.«

Ich bringe kein Wort mehr heraus, und er auch nicht. Es gibt auch nichts mehr zu sagen.

»Komm, ich mach dir einen neuen Verband«, sage ich. Ich verschwinde in die Küche, wo der Verbandskasten liegt. Ich nehme ihn mit, setze mich neben Zack und konzentriere mich auf seine Stirn, während ich denke: Ihn verführen? Niemals! Ich mag ihn wirklich sehr gern. Und er hat zu viel Schlimmes erlebt, um mit seinen Gefühlen zu spielen. Niemals!, denke ich wieder und klebe ihm ein Pflaster auf die Stirn.

»Au!«, ruft er und ich bemerke, wie unvorsichtig ich seine Wunde versorge.

Zack greift nach meinem Handgelenk, um sich vor meiner Grobheit zu schützen.

Ich versuche mich loszuwinden, aber Zack lässt nicht locker. Er schließt die Augen und legt meine Hand auf sein linkes Auge.

Ich denke: Er weint und ich halte seine Tränen zurück.

Er führt meine Hand zu seiner Wange und dann zu

seinem Mund. Er küsst die Innenfläche meiner Hand, die Augen noch immer geschlossen.

Worauf wartest du …

Ich greife nach seiner anderen Hand und imitiere seine Bewegungen. Ich drücke meine Lippen in seine Handfläche.

Seine Zunge folgt meiner Lebenslinie.

Meine Zunge folgt seiner.

Er legt mir die Hand in den Nacken und ich mache dasselbe bei ihm.

Ich ziehe ihn an mich. Seine Stirn berührt meine. Wir schauen uns in die Augen. Während ich mich frage, welche Farbe seine Augen genau haben, irgendwas zwischen Grau und Hellgrün, drückt er seinen Mund auf meinen. Ich spüre seine Zunge an meinen Lippen.

Es überrascht mich alles so, dass ich lachen muss. Das passiert mir immer, wenn ich nicht mehr weiterweiß.

Ich lache, also öffnet sich mein Mund, wodurch er seine Zunge an meine schmiegen kann. Er drückt sie mir so tief rein, dass ich fast keine Luft mehr bekomme.

Bevor ich weiß, wie mir geschieht, hat Zack mir mein T-Shirt über den Kopf gezogen. Ich habe ihm sogar geholfen.

Vierundvierzig

In den Momenten, die dann folgen, lässt Sue nichts mehr von sich hören. Ich muss es nun ganz allein schaffen. Das geht ziemlich gut. Ohne ein Wort zu sagen, habe ich dafür gesorgt, dass Zacks Lippen meinen Nacken berühren und er den Verschluss meines BHs öffnet. Meine Hände streicheln durch sein Haar, während ich die Stoppeln in seinem Nacken küsse.

Ich habe keine fremde Stimme mehr nötig, um zu tun, was ich jetzt tue. Alles spricht für sich und geht von selbst. Ich höre Zacks Atem und rieche seine Haut.

In dem Moment, in dem ich seinen Kopf sanft von meinem Nacken auf meine Schultern drücke, höre ich die Haustür ins Schloss fallen.

Bestimmt der Wind, denke ich. Mehr Gedanken habe ich nicht, weil Zacks Berührungen mich betäuben.

Trotzdem schiebe ich ihn mit Mühe von mir weg. Denn irgendwo, ganz tief in meinem Innern, weiß ich, dass das Zuschlagen unserer Haustür Ärger bedeutet. Bevor ich mich umdrehen kann, höre ich meine Mutter brüllen: »Siehst du's jetzt endlich, verdammt! Siehst du's jetzt!«

Mein Vater steht wie ein begossener Pudel neben ihr.

Oma ist nirgends zu sehen.

Ich denke: Sie haben sie verkauft.

Meine Mutter kommt mit großen Schritten auf Zack und mich zu. Als sie fast bei uns ist, wirft sie ihre Tasche auf den Fußboden. Vielleicht will sie beide Hände frei haben, um uns die Kehle zuzudrücken oder uns sonst wie übel zuzurichten.

An ihrem feuerroten Gesicht kann man erkennen, dass sie zu allem fähig ist.

Als sie dicht vor uns steht, verharrt sie plötzlich mitten in der Bewegung, wie ein aufgezogenes Stück Spielzeug. Sie lässt ihren Blick noch ein paarmal zwischen meinem BH, der lose über meinen Brüsten hängt, und Zacks nacktem Oberkörper hin und her schweifen. In ihrem Kopf spielen sich die furchtbarsten Szenarien ab. Das sehe ich an ihren Augen und den Denkfalten auf ihrer Stirn. Als der Film zu Ende ist, dreht sich meine Mutter um. Sie hebt ihre Tasche vom Boden auf und verschwindet ohne ein weiteres Wort in die Küche.

Zack will ihr folgen. »Bitte, hören Sie zu ...«, sagt er noch. Aber ich fasse ihn am Arm.

»Lass sie«, sage ich. »Das kann noch sehr lange dauern.«

Fünfundvierzig Mein Vater sagt, ich solle nach oben gehen. Das sei das Beste, meint er.

Als ich auf der Treppe bin, höre ich ihn etwas sagen, was ich nicht mehr verstehen kann.

Aber ich vermute, dass er zu Zack gesprochen hat. Unmittelbar danach höre ich die Hintertür, die Garagentür und ein Auto, das wegfährt.

Dann ist es still im Haus. So still, dass ich, wenn ich mich sehr konzentriere, sogar die Lastwagen auf der anderen Seite des Flusses über die Autobahn fahren hören kann.

Anderthalb Minuten oder etwas länger braucht meine Mutter, um sich zurechtzulegen, was sie mir alles entgegenschreien wird. Mit dröhnenden Schritten stampft sie die Treppe rauf. Ich denke: Sie hat ein Messer in der Hand. Das Schälmesser oder das Fleischmesser. Sie ist natürlich nicht nur wütend über das, was ich getan habe. Sie ist auch wütend auf meinen Vater, weil Oma auf sein Drängen hin in ein Heim kommt. Also hat sie ihn zuerst getötet, mit drei Messerstichen in den Bauch, gerade als er den Fernseher eingeschaltet hatte.

Als sie nach meinem Gefühl fast oben sein müsste, überlege ich, ob ich die Tür abschließen und durch das Fenster flüchten soll.

Aber wo kann ich schon hin? Zur halben Brücke, wo alles aufhört? Oder in die andere Richtung und dann

Daumen raus, bis Bill und Stanley oder der Mann mit der Baseballkappe und dem Schweiß auf der Oberlippe mich mitnehmen?

Da warte ich, glaube ich, lieber auf meine Mutter und ihr Messer.

Sechsundvierzig

Meine Mutter steht mit leeren Händen im Türrahmen. Noch ehe sie ein Wort sagen kann, lege ich los: »Es war meine Schuld, Mams.«

»Deine Schuld?«, ruft meine Mutter. »Dieser elende Dreckskerl hat versucht sich in unserem eigenen Haus an dir zu vergreifen, verdammt noch mal! Als hätte ich es nicht von Anfang an gewusst!«

»Ma-am!«, versuche ich. Aber es hat keinen Sinn.

»Ich wusste es«, wiederholt sie. »Er ist einer dieser miesen Typen, die …« Sie unterbricht sich selbst. Ich weiß natürlich, warum. Ihr wird klar, dass sie mir jetzt einfach erzählen muss, was an der halben Brücke geschieht.

Langsam setzt sie sich auf meinen Schreibtischstuhl. Sie nimmt sich Zeit, darüber nachzudenken, wie sie es sagen soll. »Nun hör mir mal zu, mein Kind«, sagt sie. »Ich muss dir was sagen …«

Aber ich lasse sie nicht ausreden. Ich kann es nicht mit ansehen, wie meine Mutter ihren ganzen Mut zusammenklaubt, um mir etwas zu erzählen, was ich schon weiß. »Ich weiß, was du mir sagen möchtest, Mam.«

»Nein, das weißt du nicht.« Sie schüttelt heftig mit dem Kopf. Ihr kleines Mädchen kann nicht wissen, was sie ihm sagen will.

»Doch«, sage ich. Und versuche dabei so dramatisch

wie möglich zu schauen. So ein Fortsetzungsroman-gesicht. »Die halbe Brücke ist ein Ort, an dem Männer Mädchen treffen, um Sex mit ihnen zu haben. Und es werden dort Drogen verkauft.«

Meine Mutter sieht mich an, als sei sie diejenige, die das noch nicht wusste.

»Ich weiß es von Sue«, fahre ich fort, weil sie jetzt sagen wird, dass ich gelogen habe, als ich behauptete, ich hätte während meines nächtlichen Ausflugs nichts gesehen außer ein paar Autos und ein paar Leuten in der Ferne.

»Sue?«

Ich nicke.

Das Gesicht meiner Mutter läuft wieder feuerrot an. »Was?!«, brüllt sie. »Du weißt, was dort alles passiert, und dann lässt du dich noch von so einem Kerl anfassen?«

»Mam, er ist nicht so ein Kerl!«

»Ach nein? Was hatte er denn sonst hier zu suchen?«

»Mam, bitte!«, rufe ich.

»Gedächtnisverlust!«, sagt meine Mutter spöttisch und nickt heftig. »Das hat er vorgetäuscht, um zu verhindern, dass wir unsere Nase in sein Privatleben stecken! Wie konnten wir nur so blöd sein! Und mit so einem gemeingefährlichen Typen haben wir dich allein gelassen!«

»Mams, Zack ist nicht gemeingefährlich!«, sage ich.

Aber meine Mutter hört gar nicht, was ich sage. »Du hast Glück gehabt«, sagt sie jetzt in einem ganz anderen Ton. »Wenn wir nicht hereingekommen wären, hätte er dich bestimmt zu Dingen gezwungen …« Sie vergräbt ihr Gesicht in den Händen. »Du meine Güte«, sagt sie. »Ich darf gar nicht daran denken.«

»Mams«, sage ich, »du brauchst nicht zu denken, dass er …«

»Ich denke gar nichts«, sagt meine Mutter. Sie schüttelt heftig den Kopf. »Ich darf ganz einfach nicht daran denken …«

»Mams …«, setze ich an. Aber es ist vergeblich.

Meine Mutter ist nicht zu halten. »Tagelang gibt man diesem Gesindel zu essen und zu trinken! Man pflegt diesen Kerl …«

»Mutter!«, brülle ich.

Meine Mutter schaut erschrocken auf.

»Ich war es, die ihn …«

Sie lässt mich nicht aussprechen. »Was?«, fragt sie. Sie wendet sich mir zu, hält sich die Hände dabei aber wie eine Schale vors Gesicht, damit sie es nach meiner Antwort gleich wieder dahinter verbergen kann.

»Ich habe ihn verführt«, sage ich ruhig.

Sie lässt die Hände in ihren Schoß plumpsen. »Du hast ihn verführt?«

»Ja, Mams. Es war eine Vereinbarung mit Sue.«

»Eine Vereinbarung mit Sue?«

Weil ich befürchte, dass sie jetzt jeden Satz wiederholt, frage ich: »Hörst du mir nun endlich zu?«

Meine Mutter nickt.

Träge gehe ich zum Fenster und schaue nach draußen. »Es war eine Art Wette oder so was«, sage ich. »Oder eher eine Art Test.«

Ich höre, wie meine Mutter auf meinem Schreibtischstuhl rumrutscht. Weil ich ihr das Reden verboten habe, bewegt sie sich stattdessen.

»Ich wollte Zack verführen, um rauszufinden, ob es mir wohl gefällt …« Ich zögere.

Meine Mutter wackelt wie wild auf dem Stuhl hin und her. Es erstaunt mich, dass sie es schafft, mich nicht zu unterbrechen.

»Mit Jungen«, sage ich.

Sie fummelt an ihren Fingern herum. Und sie nickt.

»Ich glaube, dass ich vielleicht etwas für Sue empfinde.« Ich schaue meiner Mutter ins Gesicht, um festzustellen, was sie denkt. Aber ihre Miene, ihr ganzer Körper bleibt ausdruckslos. Meine Mutter! Also rede ich weiter: »Aber gleichzeitig glaube ich auch wieder nicht … dass ich …«

Meine Mutter nickt. Als wolle sie mir eine Menge schwieriger Wörter ersparen.

»Es ist alles so kompliziert, Mam!«

»Ja, mein Schatz, das verstehe ich«, sagt sie.

Ich setze mich auf die Bettkante, dicht neben den Schreibtischstuhl. »Und darum dachte ich ... na ja, dachten Sue und ich ...«

Nun ist es meine Mutter, die mir zu Hilfe kommt. Als könnte auch sie es nicht ertragen, wie ich versuche etwas zu sagen, was sie längst weiß. »Dass du es wohl merken würdest, wenn du was mit ihm ...«

Ich nicke heftig, um sie am Weiterreden zu hindern. Denn so, wie es sich jetzt aus dem Mund meiner Muter anhört, finde ich es plötzlich völlig lächerlich.

»Er hätte schlimme Sachen mit dir anstellen können!«

»Nein, Mams, das stimmt nicht, *ich* mit *ihm*, das schon!«

Sie dreht sich ruckartig zu mir um. »Wie meinst du das: ›ich mit ihm‹?«

»Er war tatsächlich auf dem Weg zur halben Brücke«, sage ich. »Aber nicht, um zu ...« Ich hoffe, dass meine Mutter es für mich ausspricht. Aber sie schweigt.

»Er kam zur Brücke, um sich umzubringen«, sage ich.

Meine Mutter sieht mich an, als spräche ich eine Fremdsprache.

»Was sagst du da?«

»Er wollte von der Brücke hinunter ins Wasser fahren.

Selbstmord begehen.« Ich suche nach anderen Worten, um es meiner Mutter klarzumachen. Aber sie versteht es.

»Er stand kurz vor der Hochzeit, als er dahinterkam, dass seine Freundin ihn mit seinem besten Freund betrog. Mit einem Schlag hatte er zwei Menschen verloren, die er von ganzem Herzen liebte«, sage ich.

Ich kann ihr ansehen, dass sie sich fragt, ob ich mir diese Geschichte gerade ausdenke.

»Es ist wahr, Mams«, sage ich. »Er hat mir alles erzählt.«

Meine Mutter lehnt sich mit den Ellenbogen auf meinen Schreibtisch und stützt das Gesicht in die Hände. Sie schüttelt den Kopf. Da ist zu viel drin und es muss dort heraus.

»Was ist das nur für ein furchtbarer Ort«, sagt sie.

Von meinem Platz sieht es so aus, als ob sie leise weint.

Ich lege ihr die Hand auf die Schulter, aber sie schiebt mich weg.

»Mams …«

Abrupt dreht sie sich wieder zu mir um. »Was sind das eigentlich für Praktiken?«, ruft sie. »Dachtest du wirklich, dass du feststellen kannst, ob du auf Mädchen stehst oder nicht, indem du irgendeinen beliebigen Jungen verführst?«

Ich zucke die Achseln. Ich würde ihr gern sagen, dass

ich die Idee inzwischen auch unmöglich finde. Aber ich fühle mich zu schlecht dafür.

Nicht dass ich etwas zu sagen bräuchte, meine Mutter ist jetzt gut in Fahrt. »Oder hattest du vielleicht im Sinn, meinem Vorbild zu folgen? Dachtest du: Meine Mutter hat sich in einen Mann verliebt, der in unser Haus gefahren ist, also kann ich das auch?« Sie schüttelt den Kopf, will sich wieder hinter ihren Händen verstecken, überlegt es sich dann aber anders. »Deinem Vater ging es sehr schlecht«, sagt sie. »Ich habe ihn zwei Wochen lang gepflegt. Schon als ich das allererste Mal mit der Hand sein Knie berührt habe, hat es geknallt.« Meine Mutter lächelt. Sie versucht meinen Blick einzufangen. »Weißt du«, sagt sie, »er hatte eine Glasscherbe im Knie und die hat er selbst herausgezogen. Ich fand das so mutig von ihm.«

Meine Mutter ist in Gedanken versunken. Das Lächeln umspielt noch immer ihren Mund.

Plötzlich wirkt sie erschrocken. Sie legt mir die Hand auf den Arm. »Mein Kind«, sagt sie. Und sieht mich mitleidig an.

»Was?«

»Du bist doch nicht richtig verliebt in ihn?« Sie wartet meine Antwort nicht ab. »Und ich habe ihn verdammt noch mal weggeschickt.«

Ich schüttle den Kopf. »Nein, Mams. Ich bin nicht

in Zack verliebt. Ich mag ihn höchstens sehr gern«, sage ich.

»Wir haben es uns gründlich mit ihm verdorben«, sagt meine Mutter. »Erst lässt seine Verlobte ihn fallen und dann behandeln wir ihn, als wäre er …«

»Ein geiler Bock«, sage ich.

Im ersten Moment guckt meine Mutter mich an, wie sie immer guckt, wenn ich so etwas Grobes sage. Aber dann müssen wir beide darüber lachen. Meine Mutter hört als Erste auf.

»Wie dumm ich gewesen bin«, sagt sie.

»Ach Mams«, tröste ich sie. »Wir haben immerhin sein Leben gerettet, weißt du. Dieses Mal hatte Paps Recht. Wenn er nicht in unser Haus gedonnert wäre, dann wäre er …«

»Mist!«, ruft meine Mutter plötzlich. Sie stößt sich mit beiden Händen von meinem Schreibtisch ab. Wie eine Verrückte braust sie aus dem Zimmer. Ich höre sie reden – als ginge sie davon aus, dass ich ihr sofort gefolgt bin.

»Was hast du gesagt?«, frage ich, als ich sie an der Hintertür eingeholt habe.

»Dass Zack vielleicht doch noch zur halben Brücke gefahren ist«, sagt sie.

»Was?«

Meine Mutter antwortet nicht mehr. Wie zwei durchgegangene Pferde rennen wir über die Straße. Meine Mutter führt.

Ich sehe, dass sie noch ihre besten Schuhe trägt. Die hatte sie angezogen, bevor sie in die Stadt fuhr.

Auf halber Strecke hole ich sie ein.

»Wenn das Wasser niedrig steht, sehen wir sein Auto sofort«, sagt sie keuchend.

Ich finde es furchtbar, dass meine Mutter redet, als bestünden überhaupt keine Zweifel mehr.

»Es kann doch genauso gut sein, dass er nicht zur halben Brücke gefahren ist, Mams!«, entgegne ich.

Meine Mutter bleibt stehen. Sie stemmt beide Hände in die Hüften und schnappt nach Luft. Sie schüttelt den Kopf.

»Jemand, der sich ein Mal das Leben nehmen wollte, braucht nicht viel, um es ein zweites Mal zu versuchen«, keucht sie. »Wir haben ihn furchtbar schlecht behandelt, Schatz.« Und sie rennt weiter.

Die halbe Brücke kommt in Sicht. Die Wiese davor ist völlig leer. Kein einziges Auto steht dort. Die Strecke von hier bis zum Ende der Brücke ist fast genauso lang wie die Strecke, die wir gerade von unserem Haus hierher gelaufen sind.

Schließlich stehen wir nebeneinander an der Kante. Unsere Augen suchen nach etwas, von dem wir nicht genau wissen, wie es aussieht. Ich stelle mir ein Auto vor, das auf dem Dach im Wasser gelandet ist. Vier Reifen ragen in die Luft, wie die Beine eines Käfers, der auf dem Rücken liegt.

Durch die Hitze ist der Wasserstand extrem niedrig. An manchen Stellen kann man den Grund sehen. Steine ragen aus dem Wasser. Ein Stück entfernt, in der Flussbiegung, ist mehr Schlick als Wasser.

»Nichts«, sagt meine Mutter. Sie streckt den Arm nach mir aus. »Halt mich gut fest.«

»Was hast du vor?«

»Er kann auch unter der Brücke liegen«, sagt meine Mutter.

Ich greife nach ihrem Arm. Meine Mutter beugt sich gefährlich weit vornüber, um unter die Brücke spähen zu können.

»Das reicht«, sagt sie. »Nichts. Zum Glück.«

Meine Mutter setzt sich hin.

»Das durfte ich nie machen«, sage ich. Ich deute mit dem Kinn auf ihre Beine über der Kante und setze mich neben sie.

»Ach«, sagt sie. Sie zuckt mit den Schultern. »So leicht fällt man hier nicht runter.«

»Ja, aber …« Ich halte mich zurück. Ich glaube nicht, dass meine Mutter Lust hat, jetzt über Opas Unfall zu sprechen.

»Was?«, fragt sie.

»Nichts.«

»Du wolltest doch etwas sagen.«

»Nein«, sage ich. »Lass nur.«

»Er ist nicht gefallen«, sagt meine Mutter. Sie stützt sich nach hinten auf die Ellbogen und schaut in die Luft.

»Was meinst du?«, frage ich. »Wer ist nicht gefallen?«

»Dein Opa«, sagt sie.

»Opa«, flüstere ich. Ich schaue aufs Wasser und denke an sein Boot, das ich von den Fotos kenne. Er winkt mir zu. Sein Boot ist brechend voll.

»Hat er …« Ich kriege es nicht raus. Das ist einfach nicht wahr! »Da kann man sich doch nicht sicher sein«, sage ich. »Einem Ertrunkenen sieht man schließlich nicht an, ob er gefallen oder gesprungen ist.«

»Er hat einen Brief für Oma hinterlassen.«

Die Gelassenheit, mit der meine Mutter das sagt, macht mich verrückt. Sie hält die Augen geschlossen und hat den Kopf in den Nacken gelegt, als nähme sie ein Sonnenbad. Ich entdecke sogar ein Lächeln auf ihren Lippen.

»Mensch, Mam!«, rufe ich. »Wie soll Opa ausgerechnet hier so etwas getan haben können?« Ich stehe auf. »Dieser Ort war sein ganzes Leben, das hat er immer gesagt.«

Meine Mutter hat sich aufgesetzt. Sie späht übers Wasser. Vielleicht winkt Opa ihr sogar zu. Ich kann ihr

Gesicht nicht sehen, aber ich denke, dass sie weint. Ganz leise.

»Er kam nicht darüber hinweg, was aus seinem Ort geworden war«, sagt sie.

»Aber dann hätte er doch einfach weggehen können!«

»Er hat hier siebzig Jahre lang gelebt«, sagt meine Mutter. »Er war eins mit diesem Ort. In seinem Brief hat er geschrieben, dass dieser Ort wie ein Körperteil von ihm war. Ein Körperteil mit Krebs. Und an Krebs kann man sterben.«

Siebenundvierzig

Meine Mutter und ich sitzen schon über eine halbe Stunde nebeneinander auf dem Rand der halben Brücke, die Arme um unsere Schultern geschlungen, mein Kopf in ihrer Halsbeuge. Wir haben eine Weile geschwiegen und aufs Wasser geschaut. Oder zum anderen Ufer und zu den Bäumen und den Laternen, die hier und dort aufleuchten.

»Es wird Zeit zurückzugehen«, sagt meine Mutter.

Als wir uns gerade den Sand von den Hosen klopfen, taucht ein Auto auf. Offensichtlich ist der Auspuff kaputt, denn man kann es schon aus einem halben Kilometer Entfernung hören. Es ist das Geräusch, das meine Mutter seit Monaten verflucht. Wie ein tief fliegendes Kampfflugzeug, sagt sie immer.

»Wir müssen weg«, sagt meine Mutter. »Komm!« Sie wirkt nervös.

Sie nimmt meine Hand und zieht mich wie eine viel zu große Stoffpuppe mit sich.

Als wir den Anfang der Straße erreicht haben, schleicht das Kampfflugzeug träge an uns vorbei. Es ist ein grauer Oldtimer mit weißem Dach und einem glänzenden Vogel auf der Motorhaube.

»Lauf weiter«, sagt meine Mutter, als könne sie an meiner Hand fühlen, dass ich mir das Auto anschaue.

Als wir auf Höhe des Kofferraums sind, pfeift jemand auf den Fingern.

»Lauf weiter«, wiederholt meine Mutter. Sie geht so schnell, dass es eher ein Rennen ist.

Ein weiterer Pfiff ertönt.

Meine Mutter zerrt an meinem Arm, als würde ich nicht schon schnell genug laufen!

»Das ist die Kleine, die hier in der Nähe wohnt«, ruft eine Stimme, die ich sofort erkenne.

Meine Mutter bleibt stocksteif stehen. Sie schaut mir direkt ins Gesicht. Dann dreht sie sich zum Wagen.

Aus dem linken Fenster hängt Stanleys Kopf. Er trägt eine Sonnenbrille mit Spiegelgläsern und lacht breit, so dass seine schiefen Zähne zu sehen sind.

»Komm«, sage ich nun statt meiner Mutter. Ich greife nach ihrer Hand. Aber ich schaffe es nicht, sie in Bewegung zu setzen. Starr wie ein Felsen schaut sie sich Stanleys lächerlichen Kopf an, das Gesicht schräg dem Auto zugewandt, die Beine wie Pfosten in der Erde. Als hätte sie hier schon immer so gestanden.

»Komm, Mams«, sage ich.

»Was willst du?«, fragt sie Stanley.

Stanleys Kopf verschwindet im Auto.

Ich denke: Klasse, ein einziger Satz meiner Mutter und weg ist er.

Aber dann schwenkt die Autotür auf. Stanley klettert gelenkig wie ein Sack Kartoffeln aus dem Auto. Er stopft sich das Hemd in die Hose und kommt, die Hände in den Hosentaschen, auf uns zu.

»Lass uns gehen«, flüstere ich meiner Mutter zu. Ich greife nach ihrer Hand. Aber es hat keinen Zweck.

»Also, was willst du?«, fragt meine Mutter. Sie klingt, als würde sie zu einem Kind sprechen, mit dem ich auf dem Schulhof Streit bekommen habe.

Stanley stellt sich dicht neben mich. Er riecht nach Zigaretten und billigem Parfüm.

Er sieht meine Mutter herausfordernd an. »Was ich will?«, sagt er. Er lacht dreckig und berührt mein Haar.

Ich verstecke mich halb hinter meiner Mutter, aber er greift nach meinem Hals und kneift hinein.

»Au!«, brülle ich.

»Lass sie los!«, befiehlt meine Mutter. Sie umklammert sein Handgelenk und zieht seinen Arm von mir weg.

Aber Stanley scheint nicht vorzuhaben, sich einfach so geschlagen zu geben.

»Komm mal her, Süße«, sagt er verschwörerisch. Er schiebt sich an meiner Mutter vorbei, um mich hinter ihrem Rücken zu packen. Ich laufe weg, als wären wir zwei Kinder, die Fangen um einen Baum spielen.

Meine Mutter macht sich so breit sie kann. Ich sehe aus den Augenwinkeln, wie sie Stanley verbissen anschaut. »Scher dich zum Teufel, du Dreckskerl!«, ruft sie. Sie will ihn festhalten, aber er weicht ihrem Arm aus. Stanley lacht, als wäre das Ganze ein Spiel.

»Nun komm schon, Liebling!«, ruft Stanley mir zu. Er grapscht nach mir wie nach einem entlaufenen Kaninchen und erwischt mich fast. »Na los, Süße!« Jetzt greift er nach meiner Taille. Aber ich bin zu schnell für ihn, denn er hat zweifellos getrunken oder Drogen genommen. Er ist wacklig auf den Beinen.

Genau in dem Moment, als ich meiner Mutter zurufen will, dass wir einfach schnell wegrennen müssen, schubst sie ihn mit beiden Händen um. Stanley geht sofort zu Boden. Seine Sonnenbrille knirscht unter seinem Kopf, der mit einem Platsch im Sand landet. Einen Augenblick lang denke ich, dass das ein guter Kniff meiner Mutter war.

»Verfluchte Scheiße!«, ruft er. Viel schneller, als ich dachte, ist er wieder auf den Beinen. Statt sich weiter auf mich zu konzentrieren, geht er geradewegs auf meine Mutter los.

Ich sehe, dass sie keine Zeit mehr hat, sich aus dem Staub zu machen. Sie macht sich bereit für den Schlag, den sie von ihm erwartet.

Ich schließe die Augen vor dem, was nun kommen wird. Nur ein Wunder kann meine Mutter noch retten.

Während ich mir überlege, dass ich ein Stoßgebet

zum Himmel schicken sollte, mir aber nichts einfällt und ich darum einfach an Opa denke, weil der doch im Himmel ist, höre ich plötzlich die Stimme meines Vaters. »Was soll denn das?«, ruft er.

Ich mache die Augen auf und sehe, dass mein Vater zwischen meiner Mutter und Stanley steht. Er packt Stanley am Kragen und stößt ihm ein Knie in den Magen. Drei Mal und so fest, dass Stanley würgen muss. Er verschränkt die Arme vor dem Bauch und geht in die Knie, die Zunge hängt ihm aus dem Mund.

»Idiot!«, ruft mein Vater. Er schubst ihn noch einmal und drückt ihn dann zu Boden.

»Und jetzt scherst du dich fort«, sagt mein Vater ganz ruhig. »Oder ich mache dich kalt!«

Stanley rappelt sich auf und torkelt hustend zu seinem Kampfflugzeug.

Mein Blick fällt auf seine Tätowierung. Das Herz mit dem Namen darüber.

Mörder, denke ich.

Vielleicht habe ich es sogar gesagt, denn bevor er einsteigt, schaut er sich noch einmal um.

Mörder!

Als er wegfährt, wirft mein Vater ihm seine Sonnenbrille hinterher. »Verdammt, es ist noch nicht mal dunkel und trotzdem hängen diese Typen hier schon rum«, sagt er.

Meine Mutter ist leichenblass.

Mein Vater dagegen hat rote Wangen. Er spuckt in die Hände und streicht sein Haar zurück. »Kommt«, sagt er.

Achtundvierzig

Wir sitzen im Auto an der halben Brücke.

Mein Vater, meine Mutter und ich.

Unser Auto steht auf der Wiese, bis unters Dach voll geladen mit Hausrat, Koffern und allen Sachen, die wir mitnehmen wollen.

Ich habe mir ein neues Ende für meine Geschichte ausgedacht:

Wir sitzen also im Auto an der halben Brücke. Aber wir sind nicht allein hier. Neben und hinter uns sitzen noch mehr Leute in ihren Wagen und genießen die Aussicht.

Manche essen Hotdogs oder Eis, beides kann man am Eingang des Drive-in kaufen.

Niemand sagt ein Wort. Die herrliche Aussicht verurteilt zum Schweigen.

Wir stehen auf dem allerbesten Platz. Das dürfen wir, weil der Drive-in heute eröffnet wurde und mein Vater jetzt wohlverdient in Rente gehen kann. Gleich gibt's ein Feuerwerk. Extra für uns. Danach gehen wir auf Reisen, ganz weit weg.

Benjamin hat die Leitung des Projekts übernommen. Er wird es mit großem Erfolg weiterführen, hat mein Vater gesagt.

Allerdings ohne mich. Ich habe ihm gesagt, dass ich noch nicht bereit bin zu heiraten. Vielleicht sogar noch nicht einmal verliebt zu sein. Wohl bereit, jemanden sehr gern zu mögen, das schon.

Er sagte, er verstehe mich. Obwohl er es traurig fände, weil er mich sehr liebe. Ich habe ihm versprochen, dass ich, wenn ich bereit dafür bin und alles weiß, was ich über die Liebe wissen muss, zu ihm zurückkehre.

Und dann haben wir uns zum Abschied geküsst.

»Komm, wir fahren«, sagt mein Vater.

Er startet den Wagen. Das gelingt ihm nicht sofort. Ich sehe Schweißperlen auf seiner Stirn. Er ist total nervös, weil er seit Jahren nicht mehr hinterm Steuer gesessen hat.

Onkel Dylan, der uns den Wagen für heute geliehen hat, musste meinem Vater mindestens dreimal zeigen, wo alles ist. Der Blinker, die Kupplung, die Hupe. An das Lenkrad erinnerte er sich noch.

»Vielleicht ist es ein Zeichen Gottes, dass wir hierbleiben sollen«, sagt mein Vater, während er den Schlüssel zum vierten Mal im Zündschloss dreht.

»Leo, bitte«, sagt meine Mutter mit gerunzelter Stirn.

»War ja nur ein Spaß!«, sagt mein Vater lachend. Er versucht es noch einmal. Der Motor hüstelt wie ein alter Mann und springt an.

»Jesus Christus«, seufzt mein Vater erleichtert. Er nimmt einen letzten Zug von seiner Zigarette und wirft die Kippe aus dem Fenster.

Wir fahren im Rückwärtsgang, bis wir genug Platz zum Wenden haben. Und weg sind wir.

Ich schaue durch die Heckscheibe, das Kinn auf das Polster der Rückbank gestützt. Ich möchte sehen, wie die halbe Brücke zu einem winzigen Punkt zusammenschrumpft.

Dort, wo die Kippe meines Vaters gelandet ist, hat ein kleines Stück Wiese Feuer gefangen. Im Nu breitet sich das Feuer aus und steckt einen jungen Baum in Brand. Die Flammen springen vom Baum auf ein Gebüsch am Straßenrand über. Mindestens drei Meter Wiese stehen jetzt schon in Flammen.

Plötzlich sehe ich, dass das Feuer uns entlang einer dunklen Spur am Boden folgt. Wir verlieren Öl!

Von der Stelle, an der der Brand entstanden ist und die jetzt aussieht wie ein Riesenlagerfeuer, zieht sich eine Kette kleiner Flämmchen. Sie hat sich unserem Auto bereits bis auf wenige Meter genähert.

Wenn mein Vater in diesem Schneckentempo weiterfährt, holt uns das Feuer ganz bestimmt ein.

Als wir die Kurve vor unserem Haus erreichen, drosselt mein Vater nochmals das Tempo. Meine Mutter wischt sich eine Träne aus dem Auge. Dann legt sie meinem Vater eine Hand auf die Schulter.

Ich sehe, dass das Feuer nur noch einen halben Meter von uns entfernt ist.

»Los, Paps, fahren!«, rufe ich.

Mein Vater schaut sich empört um.

»Mach schon, fahr!«, schreie ich. Und ich kreische, als säße ich in der Achterbahn.

Er sieht meine Mutter an. Sie zuckt die Achseln, als wolle sie sagen: Wenn sie Spaß dran hat …

Mein Vater gibt Gas. Je fester er aufs Gaspedal tritt, desto breiter wird sein Grinsen. Seine Wangen bekommen sogar ein wenig Farbe.

Ich sitze auf der Rückbank und kichere.

Mein Vater gibt noch mehr Gas.

»Leo!«, sagt meine Mutter.

Mein Vater grinst wie ein kleiner Junge.

Das Feuer hat auf unser Haus übergegriffen. Die Flammen schlagen aus den Fenstern und aus dem Dach steigt schwarzer Rauch.

»Was guckst du dir da eigentlich die ganze Zeit an?«, fragt meine Mutter.

»Das Feuerwerk«, sage ich. »Es ist wundervoll.«

Und die Welt steht Kopf

Henriette Wich
Hin und weg von dir
224 Seiten
Taschenbuch
ISBN 978-3-551-35831-8

Jasmin (16) ist lustig und spontan, sie liebt Mode, Partys und flirtet gerne. Aber ihre Beziehungen sind meist oberflächlich und schnell vorbei. Langsam glaubt sie selbst nicht mehr daran, jemals den Richtigen zu finden. Sandro (17) ist eher zurückhaltend. Als seine Freundin Lotte mit ihm Schluss macht, kann er sich nicht vorstellen sich überhaupt noch einmal zu verlieben. Doch dann begegnen sich Jasmin und Sandro zufällig – und alles kommt ganz anders. Zwei Geschichten, eine Liebe.

CARLSEN

www.carlsen.de